# 八月的御所球場

八月の御所グラウンド

萬城目學

王華懋—譯

·特別收錄·

# 繁體中文版序

各位台灣讀者，好久不見，我是萬城目學。

本作《八月的御所球場》有幸獲得了「第一七〇屆直木賞」，也連帶發生了一些好事。

首先是我利用一百萬日圓的獎金去了一趟美國，看了洛杉磯道奇隊大谷翔平的比賽。我看了兩場比賽，但大谷選手幾乎都是擊出二壘滾地球，兩場比賽道奇隊都輸了。不過依然成了一段美好的回憶。

其他的好事，還有依據慣例，直木賞的得獎者會在得獎幾天內，在主要大報上刊登得獎散文。我將這些散文以增補的形式加入散文集《萬字固定》，

## 繁體中文版序

時隔十二年，讓它以修訂版《新版　萬字固定》的新姿重新面世了。

久違地重讀內容，我看到了懷念的文字。

「萬城目來了，耶、耶、耶！」

是描述二〇一二年《偉大的咻啦啦砰》台灣版出版時，我在台灣的簽書會經過的文章。儘管是在異國舉辦，在台北的簽書會卻來了多達兩百名讀者。難道那場簽書會，就是我的作家生涯的人氣顛峰了？重讀的過程中，我忍不住這麼心想。

獻給我親愛的台灣讀者們的本作《八月的御所球場》，是繼《鴨川荷爾摩》、《荷爾摩六景》之後，時隔十六年以京都為舞台的小說。

受到觀光熱潮的影響，現在京都的觀光景點到處擠滿了遊客，但位於京都御所裡面的球場，卻能自外於外界的喧嚷，今天應該也有小朋友們在進行棒球課程的練習，大學生悠哉地打草野球。

如果有讀者讀了這部作品後，造訪京都，請務必來一場不同於熱門觀光景點巡禮的《八月的御所球場》之旅。作品中登場的「SECOND HOUSE」也在御所附近（應該掛著我的簽名）。

從御所徒步五分鐘的地方，就是遠近馳名的鴨川。當然，在鴨川河畔用丹田大喊一聲：

「荷爾摩——！」

一定也會成為美好的旅行回憶。

CONTENTS

# 十二月的都大路縱貫記

十二月の都大路上下ル

因為是在京都享用的第一頓晚餐，怎麼說，本來我還期待會是日本料理風？京都風？這類充滿典雅氣息的餐點。

然而鋪排在旅館食堂桌上的菜色，卻是跟一般定食店沒什麼兩樣的內容：炸白身魚、味噌湯、沙拉、白飯、醃菜。我正感到有些失落，坐隔壁桌的柚那隊長站了起來。

「明天就是正式比賽了。或許已經有人在緊張了，不過要好好吃飯、好好睡覺，以最佳狀態上場！」

隊長以顯然比任何人都更緊張的表情說完後，宣布：「開動！」

「開動！」

其餘十名隊員齊聲應和，接著一如平時的和樂用餐時間開始了。我從上午就在京都各地移動，飢腸轆轆，一眨眼就幹掉了第一片炸魚。

對了，現在我的字典裡面沒有「緊張」兩個字。

因為我是候補選手。

才怪，當然多少還是會緊張。因為對我們高中來說，其實這是暌違二十七年總算拿到在都大路[1]上奔跑的門票——也就是全國女子高中驛傳[2]的參賽權。對志在驛傳的高中生來說，這場超級大賽就如同甲子園之於棒球。

附帶一提，校方甚至召集了全校學生在體育館為我們舉辦了加油打氣儀式，然後我們意氣風發地來到了京都。

不過明天的正式比賽，上場的只有三年級和二年級共五名正式選手。我們一年級預定分布在競技場和路線各處，為學姐們加油。

※本書註釋皆為編註及譯註

1 選手們會奔跑在西大路通、烏丸通、白川通等京都市中心的主要街道，因此「都大路」這個名稱是用來象徵比賽路線的意義，而非一條叫「都大路」的街道。

2 驛傳的正式名稱為「驛傳競走」，是日本傳統的馬拉松接力賽，特色是在公路上進行，接力的時候使用的是斜掛在身上的布帶，而非棒子。

因此，無法和第一棒跑者柚那學姐分擔相同的緊張，一方面令我心急，另一方面卻也因為毫無上場壓力而有些放心。更進一步說，其中也參雜了類似罪惡感的情緒，雖然是無事一身輕的一年級生，心境卻也頗為複雜。

「不管有沒有實際上場，都要齊心協力一同奮戰。這就是驛傳。」

田徑社顧問「鋼鐵菱子」——菱夕子老師把這句話當成口頭禪，但和實際上場比賽的學姐們相比所需要的覺悟實在是天壤之別吧——我想著這些，正大啖第二片炸魚，菱老師尖銳的喊聲響起：「坂東！」

「啊，是！」

我嚇了一跳抬頭。

「吃完飯，妳過來我房間。我的房間是……『山茶花』，在三樓。」

菱老師看了一眼掛在房間鑰匙上的木牌確認，起身離席。菱老師和同行的副校長等人在較遠的桌位比我們更早開始用餐，她以清亮的聲音向廚房招呼「謝謝招待」後，啪噠啪噠地踩出拖鞋聲走出食堂了。

「老師找妳幹嘛呢？」

坐對面同樣是一年級的咲櫻莉端著味噌湯碗喝著，目送老師的背影。

「是不是要討論應援地點的事？勘察路線回來的時候，老師提過想要把競技場的一個人調到最後一區那裡……」

「那魯紅豆。」咲櫻莉放下湯碗，筷子伸向醃菜的碟子。「對了，聽說明天可能會下雪耶。」

「真的嗎？好討厭喔，我最怕冷了說。」

「好好吃喔，這是什麼醃菜？」咲櫻莉清脆地嚼著切碎的綠色醃菜，忽然拔高了音調：「啊，我忘記了！」

「我媽叫我買千枚漬[3]回去說——要買哪一家啊？而且真的好奇怪喔，雖

3　千枚漬是京都名產，為醃漬的聖護院蕪菁薄片。

然叫『京菜[4]』，但又不一定全部都是京都種出來的蔬菜對吧？可是只要前面加個『京』字，就會變得很高級，簡直是京都魔法。」

聽到這話，平時話多到幾乎聒噪，今天落座之後卻一句話也沒說的心弓學姐忽然打開開關似地轉頭過來。

「我也是。我爺爺叫我買甘栗。拱廊商店街出來的地方好像有一家好吃的甘栗店，可是是哪個出口啊？拱廊商店街好像也有兩個，是新京極跟寺町嗎？」

接著話題傳播開來，波及隔壁桌，眾人開始互相披露親友託買的伴手禮，緊張的氣氛一掃而空，意外地變得輕鬆愉快。

「坂坂有被託買什麼嗎？」柚那隊長問我。

「有啊，香。好像有一家知名的香舖……可是我擔心找不找得到。」

才剛回答，便覺得好似聽見眾人發出的不成聲的「啊……」。

「咲櫻莉，妳陪坂坂去吧。」

柚那隊長說，咲櫻莉點點頭說「遵命」，我強顏歡笑地行禮說：「歹勢啦。」

✦

和咲櫻莉一起等電梯的時候，食堂傳來柚那隊長叫她的聲音。

「什麼事呢？我過去看看。」

離開之前，咲櫻莉向我出示鑰匙上的木牌：

「我們房間是用漢字寫的『秋櫻』，老師的『山茶花』可能也是用漢字寫的。我記得好像有個『茶』字。[5]」

4 京菜（京野菜）指的是京都生產的蔬菜，已成為日本政府認證的品牌名稱，除當地傳統種植的蔬菜以外，也包括特定品種的蔬果類。

5 秋櫻（波斯菊）和山茶花等花名，在日文中一般多用片假名表記，不太使用漢字，因此咲櫻莉會特地如此提醒。

幸好咲櫻莉有先提醒我。

我搭電梯到三樓，找到寫有「山茶花」的門牌，敲了敲門，說：「我是坂東。」

「進來吧。」菱老師的聲音回應。

感覺聲音異樣清晰，原來是從門內用門扣鎖卡住，讓它保持開啟。

「打擾了。」我打開房門，坐在正面的老師低著頭，用手中的筆指示矮桌對面，「進來吧。那裡坐。」

我脫下拖鞋，匆匆進入客房。

是和我們房間格局幾乎一樣的和室，矮桌上並排著文件。從我進房間開始，老師就一直一臉凝重地看著那些紙，這時總算抬起頭來，以目光示意房間角落的坐墊說：

「拿那邊的坐墊吧。大家情況怎麼樣？很緊張嗎？」

「一開始很緊張，但後來聊起伴手禮的話題，感覺變得滿放鬆的。」

「這樣啊。」老師點點頭，等我鋪好坐墊。但我一坐下來她就立刻警告：

「不能跪坐！跪坐對膝蓋負擔很大。」我連忙鬆開跪坐的腳。

「心弓看起來怎麼樣？」

老師整理桌上的文件問。

「心弓學姐嗎？」

「她有好好吃飯嗎？」

我試著回想坐在隔壁的心弓學姐的托盤狀況，但沒有印象。既然沒特別注意，表示有正常用餐吧。

「應該……有好好吃飯。對了，她跟平常不太一樣，完全沒講話，可是吃到一半就恢復正常了，說她家人叫她買甘栗回去。」

「這樣啊。」老師把手肘拄在桌面上，用筆尾抵著太陽穴的位置，用力搓揉。連那個活潑陽光的心弓學姐在正式上場前都變得沉默寡言，我再次感受到雀屏中選的跑者們的重責大任，這時老師的聲音突然蹦進耳中。

「心弓她明天不出場了。」

「咦！怎麼會！」

我以為我這麼說了，卻只有呼吸噴出唇間，就好像聲音脫了色，變成透明。

「她還是在貧血。我本來打算觀望情況到最後一刻，但今天上午試跑後，她主動要求退出。」

「怎、怎麼這樣……」

我知道心弓學姐長期飽受貧血困擾，但她每天都拚命練習，而且好不容易靠著奇蹟大逆轉在地區大賽贏得冠軍，拿到了原以為是遙不可及夢想的都大路大賽門票，卻得在大賽前一天放棄出賽，這實在……

我重新回想食堂裡坐我隔壁的學姐的模樣。她肯定非常崩潰，卻絲毫沒有表現出那種樣子。咲櫻莉開啟伴手禮話題之前，心弓學姐確實不發一語，但話題熱絡起來後，她便率先依序詢問每個人要買哪些伴手禮。原來那是在舒緩眾人的緊張。啊，學姐真是太堅強了！我用力憋住就快鬆開來的淚腺。

「我知道了。」

不知不覺間，我雙肘放在矮桌上，上身往前探。

「明天我們一年級生會好好支持心弓學姐的！」

「不是啦。」

「咦？」

「我不是要談心弓，是要談妳。」

老師在紮起頭髮而裸露的額頭擠出皺紋，一臉兇相地瞪著我。

「支持心弓本來就天經地義，而且不光是一年級生，這是全體隊員都要做的事。重點是，誰要替心弓上場？晚餐前我跟隊長還有心弓三個人討論了誰來代跑……」

老師停了一拍，把抵在太陽穴上的筆尾指向我的鼻頭。

「坂東，我們決定就是妳。」

瞬間，視野一片模糊，接著目光聚焦在指著我的筆尾上。上面附了一塊看起來很柔軟的橡皮。是擦擦筆——我迅速辨識，同時在思考之前便脫口說出：

「我不行啦。」

「妳可以的。妳本來就是登記的候補選手，上場代跑名正言順。」

老師從文件底下抽出以紅字大大地印刷著「全國高中驛傳」的大賽手冊。打開貼上索引標籤的那一頁，上面分成上下欄，介紹代表我們縣的男子隊和女子隊。

我們學校那一欄，除了五名正式選手以外，確實還列了三名候補選手的名字，咲櫻莉和我名列其中。但這只是所謂的「掛名」，我作夢都沒想到真的要上場啊！

「我、我沒辦法啦。而且候補選手裡面明明就有二年級的學姐，怎麼會是一年級的我出場呢？」

「一般來說會找二年級呢。但把一年級生放進去，是心弓要求的。妳懂嗎？心弓打定主意明年絕對還要再回來這裡。她把明年都考慮進去了，才說應該讓一年級上場，經驗一下正式比賽。這種話不是隨便就說得出口的。這麼大膽的要求，如果只有我一個人，也下不了決心。但因為心弓這樣說，我也才鐵了心這麼做。」

老師一邊說著，剛進房間時她的背還有些蜷曲，也跟著漸漸挺直起來，就像決心一分一秒逐漸鞏固。

「那、那樣的話，應該讓咲櫻莉出場啊。咲櫻莉是一年級裡面成績最好的，十月的三千公尺測速時，也比我快了十秒以上……」

「我可是顧問老師，妳們的成績我一清二楚，但還是這麼決定。妳發現了嗎？第一學期的時候，妳跟咲櫻莉差了快二十秒，但暑假的時候差了十五秒，十月測速的時候，只差了十秒。後來又過了兩個月，妳說呢？」

老師用筆尾敲打著桌面，就像在叫我接下來自己想。

「而、而且我是個超級路痴，叫我突然去跑沒試跑過的路線……老師，妳也知道吧？今天勘察路線的時候，我也整個跑錯路耶。」

「那件事啊……妳該不會是故意的吧？」

今天上午，正式選手試跑兼確認比賽路線的時候，我們一年級生和菱老師一起搭公車，四處勘察從起點的西京極綜合運動公園田徑場到烏丸鞍馬口的折返點，來決定應援地點。

「北大路大道、堀川大道、紫明……？大道、烏丸大道，在這裡折返，再經過紫明大道、堀川大道、北大路大道。天哪，這太複雜了！」

我以折返點為目標，邊看地圖邊走過比賽路線，但不管是自己身在何處、還是馬路的名字，全都教人一頭霧水。

「看清楚啦，不是烏丸，是烏丸。」

走在我旁邊的咲櫻莉訂正說，我「咦？」了一聲看地圖。真的，是「烏丸大道」，而不是「鳥丸大道」。

「明明『烏』比『鳥』少了一橫，比較簡單，為什麼反而會覺得這個字比較難呢？」

我漫不經心地喃喃道，咲櫻莉向我炫耀意外的小知識：

「好像是因為烏鴉的眼睛是黑的，融入體色看不見，所以才會拿掉『鳥』字裡面代表眼珠的橫槓，變成『烏』喔。」

「真的嗎？」

聽起來也太假了吧？我們難掩遠足興奮地嘰嘰呱呱著，領在前頭的菱老師厲聲道：

「我們不是來遊山玩水的！而且烏丸不是唸『KARASUMARU』，是『KARASUMA』。還有，紫明大道是唸『SIMEI』，哪可能讀成什麼『MURASAKIAKARUI』？[6]」

我們同時嚇得聳肩「噫」了一聲。

「聽清楚，第二區後半和折返之後的第三區前半有好幾個彎，所以要記清楚應援的地點。接下來要決定各地點人員，明天妳們要自行過來，知道了嗎？」

幾乎所有的隊員都在小學或國中的畢業旅行時來過京都，但老實說，這裡對我們完全陌生。希望明天自己不是被分到路線組，而是田徑場組，那樣的話，只要黏著學姐們一起從旅館出發就行了，也可以見證衝刺終點的那一刻——我正想著這種偷懶的事，結果就鬧笑話了。

「剛才的地點跟這裡，哪邊視野比較寬闊？」

應援點要設在折返點之前還是之後？為了選出可以更清楚地看到前後賽程的地點，菱老師指派我任務：

「喂，坂東，妳回去剛才的地點看一下。」

我立刻慢跑前往「剛才的地點」。

然後就迷路了。

十五分鐘後，我完全迷失自己的所在，正走投無路，被咲櫻莉發現，菱老師目瞪口呆地說：

「只是折回去拐個彎而已，怎麼會迷路？」

「老師，坂坂是個無可救藥的大路痴。」

6 日文漢字一般有音讀和訓讀兩種讀法，加上京都的地名有許多是傳統約定俗成的讀法，難以從字面上判斷讀音，因此外地人經常會讀錯。

咲櫻莉插嘴做出不知道算不算救援的說明。

沒錯，咲櫻莉是對的。

我是眾所公認「無可救藥的大路痴」。

迷路的理由我心知肚明。我知道在大馬路前進後，只要轉個彎就好。正確答案是往左彎，但我往右彎了。我賭輸了。

「剛才有經過這種地方嗎？」

儘管隱約覺得怪怪的，但仍繼續慢跑前進，最後終於闖入完全陌生的街道。

不過，這也算是歪打正著嗎？

當時咲櫻莉似乎在後方吶喊：「不對！不是那邊！」但她的聲音被烏丸大道的行車聲給蓋過，完全沒有傳入我的耳中。結果這讓老師發現加油打氣的聲音，在小巷應該聽得比較清楚，正式決定了應援地點。

我回想著上午發生的這一段，再次將上身朝矮桌探去，向菱老師傾訴真實的想法：

「我沒有自信能跑在正確的路線上。」

地方預賽的時候，全體隊員在試跑路線時也是，每當看到各處的分歧點，我都暗自心驚膽跳。「如果我是選手，絕對會跑錯路。」

「我還沒有告訴任何人，但其實昨天我也差點迷路了。我去了離旅館最近的超商，結果搞不清楚自己在哪裡……」

「最近的超商……？不就旅館玄關外面那家嗎？」

「入夜以後，馬路意外地很暗，從超商看不到旅館。」

老師大大地嘆了一口氣說：

「拜託，要在正式比賽迷路是不可能的事。沿途有一大堆民眾觀賽，也有其他學校的選手在跑。再說，路線那麼簡單，筆直前進，往右轉彎一次，就這樣而已啊。」

菱老師用手中的筆尖在半空中畫了個「L」字。

「咦？」

「我說妳要跑的路線。第二區和第三區有好幾個彎，也需要轉彎技巧，妳可能沒辦法專心跑對吧？第四區前半是上坡，這一段我想交給擅長上坡的美莉。第一區需要隊長在一開始衝刺，所以一定是柚那。所以妳要跑的是這一段。」

菱老師從手邊的文件裡抽出畫有明天比賽路線的地圖，從寫著「第四接力點（西大路下攤販）」的地點，用筆尖一路畫到田徑場的圖示說：

「從這裡筆直前進，右轉一次，就這樣而已。就算想要迷路，也迷不了的。」

「老師，這意思是……」

「坂東，第五區交給妳了。」

這不可置信的話讓我從地圖抬起視線，迎面看見的，是「鋼鐵菱子」不接受隊員任何質疑時的表情。

全國高中驛傳，男子組是七人接力四二．一九五公里，女子組則是五人接力一半的距離二一．〇九七五公里。

換言之，我被交付了接力賽最後一棒的艱鉅任務。

下雪了。

我仰望又沉又濁的天空，用力搓揉臉頰。

落在鼻梁上的雪花，沁冷穿透肌膚。

我摸了摸耳尖，因為太冷，幾乎麻木了。

對著天空吐出白色的呼氣，原地踏步十下。

現在我站在馬路正中央。

接下來要跑過第五區的各都道府縣代表學校的最後一棒四十七人，你推我擠地聚在一處，默默承受著呼嘯的寒風，只為了從正朝著這裡奔馳而來的夥伴跑者手中接過那條帶子。

「等一下會依照第四跑者通過最後五百公尺地點的順序叫號。被叫到號碼的人，請到接力線來預備！」

抓著大聲公的工作人員大叔有些破音的聲音響起。因為參雜著很重的關西腔，再加上急躁的語調，明明只是在傳達大賽事項，聽起來卻有點可怕。也因此轉換現場氣氛的效果超群，感覺周圍的緊張程度一口氣飆高了兩級。

「四號！四號——！」

馬上就被叫到號碼的選手脫下保暖外套，前往接力線。只要是以都大路為目標的人，都認得她那身拿過好幾次冠軍的超級強校運動服。

看到那名選手的腳，我嚇了一跳。

小腿肌肉隆起，結實得非比尋常。我禁不住定睛凝視，暗忖：女生的小腿居然能練成這樣？別著四號號碼布的選手做完伸展運動之後，鞋尖懸空晃了晃，高舉雙手，左右大大地揮舞。

「最後衝刺！」

被人山人海阻隔，我看不到路線，但第四跑者已經靠近到能聽見聲音的距離了。

就像要證明這件事，引導車和警用白色機車從我們背後穿了過去。

隔著一片綁著五顏六色頭帶的選手們腦袋瓜，我看見四號選手領先衝刺出發了。

下一名選手還沒有被叫號，因此四號選手等於是以獨跑狀態接下了布帶。相對地，達成任務的選手手扠著腰，以衝刺完畢的人獨有的手肘左右張開、肩膀上下喘息的筋疲力盡背影，走向人行道消失了。

第一人出發後經過了快一分鐘，終於有三個人被叫號了。

「二十六號、二十八號、四十六號——！」

接著兇巴巴的聲音不斷地透過大聲公叫號。周圍突然響起拍肉的劈啪聲響。是選手們在拍打凍寒僵硬的大腿，想要盡量放鬆肌肉。

我真的要上場了——

從田徑場搭乘接駁車來到這處接力區的期間，我望著和白雪一同飄過的京都街景，內心迫切地祈禱，好希望車子就這樣一路開回家門口。

下了巴士以後，在充當等待區的醫院大廳，我第一次看到留學生跑者。我在田徑競技雜誌看過她。是我和咲櫻莉擅長的中距離跑的高中紀錄保持人，超級有名。令人驚訝的是，她比我矮多了。

相較於緊張過度，彷彿忘記把身體一起帶來的我，留學生和裹著同款保暖外套的女生談笑風生。她們的隊員還跑到接力區來充當支援人力。直到被叫號前一刻，留學生都讓隊友們幫忙按摩腳部。和一個人無所事事，只能吃牛奶糖打發時間的我真是天差地遠。

那名留學生選手在第二集團一馬當先地接下布帶出發了。

「好厲害！」

她的跑姿前所未見，讓我忍不住驚嘆。

周圍的選手也都一臉驚異地目送著她的背影。跑步時腳的動作截然不同。就好像化成跑步機器的下半身，連接著文風不動的上半身。不論是大步流星、彈跳般蹬地前衝的步伐，還是支撐著全身的柔韌肌肉，那姿態令人心醉神迷，感動：她跑得多歡快啊！轉眼之間，她就像風一樣飛奔消失了。

我回想著她的殘影，把視線拉回接力區，這時耳底響起咲櫻莉的聲音：

「我很喜歡坂坂的跑姿喔。感覺很豪邁又很快樂。」

當時我們在早餐會場，我因為過度緊張而毫無食欲，結果坐在正面的咲櫻莉突然這麼對我說。

她第一次對我說這種話。我向來很羨慕咲櫻莉機敏躍動的腳步，以及節奏感十足的擺手動作，這些都是我做不到的，而且我一直覺得自己的跑姿很粗糙、拖泥帶水，所以驚訝之餘，也純粹地感到開心。多虧了她這番話，我才有胃口掃光早餐。

就像我看著那名留學生奔跑，覺得她似乎很開心，咲櫻莉看著我奔跑，也覺得我很開心——

留學生和我的等級是天壤之別，我卻感到一股奇妙的勇氣灌注到我的大腿、小腿和腳底。

不知不覺間，先前囂張跋扈的緊張從身上消失了。

沒錯，我必須好好享受——！

這樣的大場面，或許這輩子就只有這麼一次了。當然，明年我還想再回來這裡，但沒有人能保證明年我還能出賽。

既然如此，得好好享受這一刻才行。坂坂，妳要把它當成第一次也是最後一次，盡情享受都大路，否則就太可惜囉！

狂野的情緒一點一滴湧上心頭，同時開跑前的心態也調整好了。此外，我也漸漸看清楚周圍的狀況了。不過這或許是因為有一半的選手都已經被叫號，待機組人數大減的緣故。

好想快點開跑——！

我技癢難耐，原地跳了兩、三下，踏起步子來。

第一個人開跑後，應該已經過了五分鐘以上吧。

終於叫到我的號碼了。

以順序來說，稱不上好。

不過菱老師也早就預料到這一點了。在各都道府縣舉行的預賽中，五名跑者跑的距離和決賽相同。雖然多少會受到路線、當日天氣差異的影響，但成功打進都大路的各校成績都是公開的，只要看看各校的時間成績，自然就可以掌握自己學校約略的排名。我們學校的紀錄在四十七校裡面排名第三十六。

「大家都是第一次參加都大路，不可能一下子就拿到好成績，這次先以打進三十名以內為目標吧！」

菱老師如此激勵眾人，但現在在場的選手只剩下十五人左右。看來我們無疑已經落居三十多名。

眼前，排在接力線的四名選手陸續接下布帶，目不斜視地往前衝去。

我脫下外套，交給戴藍色鴨舌帽的工作人員，走到接力線。

一名穿紅色運動服的選手幾乎同時來到我旁邊。

她比我高了約五公分。不曉得是因為天冷還是緊張，皮膚毫無血色，只有嘴唇保留了鮮豔的紅。

剪成一直線的劉海，剛好疊在英氣十足的兩道眉毛上，底下修長的眼睛正俯視著我。

視線穿過兩人口中吐出的白色呼氣，彼此交會的瞬間——我好像聽見她的眼睛A與我的眼睛B相連的直線AB中間點C爆出了一道「劈啪」聲響。

對方沒有別開目光。

我也沒有別開目光。

拿著大聲公的工作人員大叔經過我們旁邊時，我們同時轉向跑道。

不管是從體格還是神情來看，對方都不像一年級生。

但不管她是幾年級，我都不想輸給她——！

我感到鬥志滾滾沸騰般席捲上來。

這麼說來，昨晚我在菱老師的客房差點哭出來，問她「為什麼是我？」的時候——

「驛傳是眾人齊心協力一同奮戰。但面臨最艱難的局面時，每個人都必須獨自戰鬥。個人成績，測不出能在關鍵時刻奮戰到什麼地步。那，一年級裡面，誰能最鍥而不捨地撐到最後一刻？問到這個問題，不管是隊長還是心弓，都第一個提到了坂東——妳的名字。」

「鋼鐵菱子」說完後，以完全是目光呆滯的表情咧嘴一笑。「我也這麼想。所以，給我拚了命地跑吧！」

感覺菱老師完全成了個賭徒，實在太可怕了，而且兩名學姐強推我這件事，我到現在還是覺得她們完全是高估了我，但是在雪花紛飛的視野前方看見和自己一樣的黃綠色運動服的瞬間，種種一切都被甩到腦後了。

「美莉學姐，最後一段了！衝啊！」

我扯開嗓門，雙手在頭上大大地揮舞。

雪下得更大了，將運動服的霓虹色彩映襯得更加亮眼。美莉學姐和紅色運動服的選手並排靠近了。雖然看不清楚誰跑在更前面，但從學姐扭曲的表情，看得出她正絞盡最後的力氣進行最後衝刺。

「美莉學姐！美莉學姐！」

我連聲呼喊學姐的名字，紅色運動服的選手也同樣地叫喊：

「若葉！若葉！拿出最後的力氣！」

美莉學姐擺出熟悉的手肘左右打開的跑姿，右手已經握住從肩上解下的粉紅色布帶。

我的身體自然地擺出了起跑姿勢。

運動鞋蹬過柏油路的腳步聲一口氣靠近，美莉學姐濕淋淋的臉逼近眼前，不知道是落在皮膚上融化的雪，還是淋漓的汗水。

明明一定很痛苦，但她還是擠出笑容，高聲提醒：

「筆直前進，右轉一次！」

她把布帶遞給我，在我背上一拍。

我筆直沿著西大路大道往南邊跑。

聽說京都活用棋盤狀街道的特徵，在路名後方加上「上」或「下」，直接當成住址。

這「上」或「下」應該是用來表達相關位置，而我就如同字面所示，沿著西大路大道不斷地南下。

因為最後的第五區，是從西大路大道平緩的下坡途中起跑。

「坂坂，妳要放手一搏！從一開始就沒有什麼好失去的，所以妳要衝刺到底！」

菱老師這麼說，把我送出從田徑場開過來的接駁巴士，但跑下坡路因為速度更快，對大腿的負擔也更重。有時從下坡回到平地時，會突然適應不了，腳突然抬不起來了。也有人跑的時候，能考慮到兩者的落差，但對於連試跑都沒有的我，這根本是天方夜譚，儘管心中隱隱不安，懷疑「我有辦法撐到最後嗎？」，但我還是藉著下坡的勢頭，拚命地跑過西大路大道。

也可以說，我就只是徹底聽從菱老師的建議。

不過更重要的是，跑在一旁的紅色運動服選手牽引著我。

我比她快了一秒接到布帶。

但紅色運動服立刻就追趕上來。

接著我們幾乎是兩人並行著跑下坡道。

右方傳來規律的哈哈喘氣聲。步幅比我更大，眼角餘光中她粉紅色的運動鞋律動，與我的腳步旋轉的節奏徹底錯拍。然而速度卻一模一樣，教人渾身不對勁。應該說，有夠礙眼的。

討厭，走開啦！

就算受夠了她，想要加快跑速甩開，她也緊咬不放。

既然如此，乾脆退到她後面，拿她擋風就好了，但想到美莉學姐好不容易在近身纏鬥中贏得領先交棒給我，即使只是落後一步，也教人嚥不下這口氣。

換句話說，這樣的心理策略，也是對方的作戰計畫之一，如果繼續像這樣一邊跑，一邊在意旁邊的跑者，我經驗太淺，很快就會打亂自身的步調了。

我之所以能在岌岌可危之際保住自己的步調，是因為比起右側的紅色運動服，我更開始注意到左側的沿路觀眾。

不愧是會在電視上全國轉播的賽事，沿路觀眾非常多。儘管天氣惡劣，雪花不斷，人行道上卻是萬頭攢動，紛紛對著我這個名不見經傳的跑者送上聲援：「加油！」

我當然沒有餘裕對此作出回應，但我之所以頻頻望向人行道，是因為有人跟著我們一起跑。

是有時會在馬拉松電視轉播上看到的那個。

在人行道上和選手一起跑的觀眾——從小學男生、不良少年到大叔等，形形色色年齡層的人都有，有時還會騎著自行車出現在畫面角落。有趣的是，會追趕選手的幾乎百分之百都是男生。簡而言之，就是想要上電視的愛現傢伙們在作怪。不過，如果只看跑姿穩定、跑速固定的一流選手不會發現，但有那些追趕的人作對照，就能感受到真實的速度感，「原來得那麼拚命跑才追得上啊。像那個國中生，根本是卯足了全力嘛」，所以我意外地滿喜歡看的。

不知不覺間，這些「陪跑的觀眾」在左側人行道——觀賽的群眾後方，以和我們相同的速度跟了上來。

而且不止一個人。

好像有七、八個人聚在一起跑。

人影在視野邊角忽隱忽現，資訊片段累積，很快地，我在無意識之中歸納出一個答案。

那些人是不是穿著和服？

儘管正在比賽當中，我卻忍不住轉頭了。

雖然只轉頭看了不到一秒鐘，但臉轉回正面以後，仍有好陣子問號滿天飛。一起跑的有七、八個人。該說不出所料嗎？全是男的。不知為何，他們全都穿著黑色系的和服。

不僅如此，每個人都紮了「丁髷[7]」髮型。其中也有人戴著像黑色安全帽的東西，但配合奔跑的步伐，丁髷在頭頂搖來跳去，實在很好笑。

而且其中一人高舉著類似旗幟的東西，「誠」字在尺寸比旅館坐墊大上一號的白布上躍動著。

新選組[8]？

我再次偷瞄了一眼。確實，「誠」字在男人們的頭頂飛揚著。

也就是在COSPLAY新選組？

可是連服裝都整齊劃一，陪跑的對象卻是我，這不奇怪嗎？如果這麼愛現，應該要跑在轉播攝影機緊跟不放的領先跑者旁邊，而不是跟著我這種落後五分鐘以上的路痴一年級生吧……？

正當我不必要地胡思亂想時，「路痴」兩個字在腦中一隅閃爍起來，就像在傾訴著什麼。

7 丁髷是日本江戶時代的男性髮型，前額及頭頂的頭髮剃光後，將剩餘的頭髮紮起來，紮法有幾種不同的樣式。

8 新選組是江戶末期由江戶幕府組織的浪士隊，負責鎮壓尊王攘夷派的浪士。以「誠」字旗為隊旗。

咦？我是要往哪邊轉彎去了？

右邊？

還是左邊？

美莉學姐把布帶交給我的時候，說「筆直前進」，然後呢？

雪勢顯然比接力區更強了。雪花緊湊地撲在臉上，還順帶侵入眼睛，但我甚至忘了眨眼，拚命思考。然而愈是努力回想，我就愈焦急，覺得不能辜負柚那隊長傳遞給學姐們的布帶成果，這讓我的腦袋更不靈光了。

不行。

想不起來。

不，可是沒問題的。

我早就料到會有這種情形，所以在手背寫下應該要在哪裡轉彎了。而且為了避免被雪水沖掉，還用了油性筆！看我多麼地萬無一失！

應急的 B 計畫。我立刻抬起左手背要看，忍不住喃喃：「怎麼這樣！」

我戴著手套。

等待叫號期間，我兩手插在保暖外套口袋裡，發現裡面裝著手套，於是想都沒想就戴上去了——

我能夠不畏風雪，緊跟著紅色運動服選手不放，是因為我比預期中更帶勁地擺動著雙手。我的左右手正擺動出如此完美的節奏，我實在不敢硬是把它們停下來脫手套。我有自信絕對會脫不下來，手忙腳亂。

啊，我怎麼會這麼傻！我詛咒自己。

這時，彷彿是菱老師用可靠的聲音說著「既然 B 計畫行不通，那就 C 計畫！」，絕妙地響了起來。

「就算忘記要往哪邊轉彎，只要去到要轉彎的路口，沿線都擺了三角錐，沒問題的。」

就是說嘛，只要沿著三角錐跑就沒事了，根本沒什麼好擔心的嘛。我鼓勵著自己，再次望向前方時，整個人絕望了。

是故意在跟我作對嗎？變得更加強勁的茫茫大雪讓我完全看不見前方。

不管再怎麼定睛細看，十公尺外都是一片白茫茫。

這時，我看見一名戴藍色鴨舌帽的工作人員站在人行道往馬路出來一步的地方，狀似寒冷地高舉寫著「中間點」的牌子。

經過中間點，要轉彎的路口應該就在咫尺之處了。

我想要盡量占據有利的跑道並轉彎，拉開和旁邊紅色運動服選手的距離。

「是左邊！」

不知為何，我強烈地這麼想。

昨天我筆直前進之後右轉而迷路了。既然如此，這次的正確答案一定是左邊。

宛如天啟降臨一般，腦中響起高喊：「左！左！左！」

「好！」

我為了從內側跑道一口氣加速，搶先隔壁選手往左側移動。

還在人行道奔跑的奇裝異服集團時不時映入眼簾。

因為一下子靠近人行道，連他們的叫聲都聽到了。

忽然間，一聲殺氣騰騰的「我砍死你！」傳進耳中，我第三次轉頭望去。

結果就這樣凝視了兩秒之久。

我看見「誠」的旗幟前後，有數人拔出像刀子的東西高舉在頭頂——不，不可能是刀吧？是我看錯了吧？因為儘管和他們之間只有短短幾公尺的距離，卻因為風雪呼嘯，看上去一片朦朧。

那些人果然怪怪的……

他們兇神惡煞地衝下坡道，實在不像是為了出風頭而奔跑。而且根本沒有人在看我。現在這狀況，反而像是我在跟著他們跑。

更奇妙的是，沿路並排的觀眾，沒有半個人回頭。他們人那麼多，而且還怪叫嚷嚷著往前衝，卻沒有任何人關注他們，照樣為我們送上聲援。難不成都沒人發現在後方奔跑的他們的存在……？

這個疑念湧上心頭的時候，一道尖銳的聲音一掌摑上來似地響起。

「右邊啦！右邊！」

我嚇了一跳，停止往左側偏移。

雪勢轉弱，前方視野忽然開展。西大路大道與五條大道相交的路口處——紅色三角錐排出的右彎道正等在前方。

「筆直前進，右轉一次！」

這時美莉學姐的聲音才一清二楚地響起。

我連忙縮短就要拉開的與紅色運動服選手間的距離。幸好，我幾乎沒有任何延遲就修正了軌道，再次和紅色運動服的她肩並著肩衝進右彎道。

和家鄉一堆商家倒閉、鐵捲門深鎖的站前商店街不同，京都的商店街裡，店家前後綿延不絕。

「好厲害！」

我對這幕景象真心感嘆，走在一旁的咲櫻莉賣弄莫名其妙的歪理說：

「那當然了，這裡可是新京極呢。是新的京極，簡直無敵！」

然後攤開雙手展示拱廊商店街似無止境的景象。

我們心情大好。

為了盡情享受下午三點半發車的新幹線之前的自由行動時間，我們上午逛了寺院、神社，中午吃了親子丼，還吃了抹茶聖代。

雪也停了，昨天的惡劣天氣就像一場夢，一早就是大好晴天。咲櫻莉向旅館的人打聽到八坂神社附近有販售美味千枚漬的醃菜店，在那裡買了一大堆醃菜之後，還陪我一起去挑選香。

「菱子嚴令：萬一讓坂東落單，她又會迷路，沒辦法在集合時間到京都車站，所以妳要一路跟好坂東，聽到了嗎！」

咲櫻莉模仿菱老師的語氣說完，沉吟研究標出香舖地點的地圖說：

「有點遠，機會難得，要不要慢跑過去？看到坂坂昨天奔跑的英姿，我也超想跑的。喏，我們用跑的吧！」

她雙手擺出奔跑的動作。

「噢，不錯喔！」

我們彼此的穿著都和平時社團活動結束回家時一樣，保暖外套配運動鞋，所以重新背好背包後，便立刻開跑。

從橋邊跑下階梯，來到鴨川河岸，上游頭頂戴雪的山脈映入眼簾。天空徹底晴朗，我們聽著河流靜謐的潺潺聲，哈哈吐著白氣奔跑，舒爽得令人驚奇。

再次跑上橋邊的階梯，回到街上後，來到與昨天路幅寬闊的西大路大道景象南轅北轍的單行道巷弄，我追在咲櫻莉後面跑。咲櫻莉和我完全相反，她擁有特殊能力，只要看過地圖一次，就能精準地朝目的地前進。多虧有她安心擔任導航領路，我們順利找到了「蘭奢堂」這家香舖。我在那裡買了母親要的香。接著我們來到新京極的拱廊商店街，打算在新幹線發車前悠哉打發時間。

我們在商店街多次和昨天參賽的他校學生們擦身而過。

至於怎麼會知道，因為她們也都跟我們一樣，穿著學校的防風外套或保暖外套行動。背上大大地印著校名，一眼就能看出是參加大賽的學校。

徹底放鬆觀光的她們的身影（也有男子組的人）就像隨處可見的高中生，

然而表情裡又有著一絲「我們代表家鄉在都大路上奔馳喔！」的驕傲，讓人不禁感到有點害羞。只是與她們對望一眼，無須交談，便已在人群中交換了對彼此英勇表現的無聲讚揚。

我們漫無目的地走著，不經意地晃進了一家伴手禮店，因為我看見了店內陳列的新選組商品。

直到這一刻以前，我完全忘了昨天的新選組 COSPLAY 集團。

因為從全是下坡的西大路大道右轉進入五條大道後直到田徑場，剩下約兩公里的路程，實在是太痛苦了。我真的以為要死了。因為實在太苦了，所有的記憶都被痛苦給占滿，完全把有怪人在人行道奔跑這件事拋諸腦後了。

今早包括菱老師在內，所有的隊員心情都很好，當然是因為大賽結束，擺脫了壓力，但更是因為好成績帶來的欣喜。

菱老師所定下打入三十名內的目標——我們做到了！

我以邊緣的第二十九名抵達終點。

在接力區接到布帶時的排名是三十二名。換句話說，最後一棒的我拉抬了順位。而且在第五區的選手當中，我的成績是第十名。這完全超出實力的紀錄震驚了所有的隊員，但最瞠目結舌的還是我自己。

「鋼鐵菱子」更是一改平日的冷酷，鬼吼怪叫著，幾乎是衝撞上來似地一把抱住剛抵達終點的我。我渾身發軟，只想快點跑到隊員們身邊，說真的滿困擾的。

「對了，就是這個旗……！有人穿著和服，舉著這個『誠』字的旗子在旁邊跑，嚇到我了說。」

這是隊旗嗎？我拿起中央印著「誠」字的鑰匙圈說。

「可是，那些人拿的旗子，沒有下面這個鋸齒狀圖案耶。」

回頭一看，咲櫻莉卻不見了。

「咦？」

我張望狹小的伴手禮店內，然而除了我以外，沒有半名顧客。

我連忙放回鑰匙圈，走出店外。

我是對走在前面幾步的咲櫻莉招呼之後才進去店裡的，難道她沒聽見，我們就這樣走散了？張望商店街前方，也沒看見咲櫻莉的保暖外套。

難不成我又迷路了？

我欲哭無淚地回頭，發現咲櫻莉站在那裡。

「太好了，我還以為我又迷路了！」

我打從心底放下心來，咲櫻莉伸手指著說：「那個女生。」

她的視線前方，一群人穿著紫色防風外套，正在另一家伴手禮店買東西。她們的背上一樣印著昨天參加驛傳的學校名稱。

「最前面那個矮個子女生。」

我照著咲櫻莉說的鎖定焦點，確實有個比周圍的人更矮的女生提著八橋的禮盒，笑著跟隊員們說話。

「妳認識？」

「我在折返點應援，那個女生是第三區的選手，從我前面跑過去。她也是一年級的。」

「喔……」我點點頭，咲櫻莉的聲音疊上來說：「我也好想跑啊。」

她低聲喃喃道。

「有那麼一下，一下下而已喔，聽到一年級生要代替心弓學姐上場時，我心想：為什麼不是我？」

我倏地轉向咲櫻莉，她伸手制止我，就像在說「我知道」，接著說：

「坂坂妳被菱子叫去的時候，我也被柚那隊長叫去，在食堂聽到要替換跑

9 八橋是京都代表性的和菓子，以米粉和砂糖製成。

者的事。隊長說，咲櫻莉妳的成績比較好，但我們和老師還有心弓學姐討論之後，決定讓坂坂上場。我心想『為什麼？』但什麼也沒說。因為回到客房一看，妳的臉蒼白得跟鬼似的，早飯的時候也一臉殭屍樣，我知道妳緊張得要死……」

「所、所以那時候妳才會那樣恭維我嗎？」

多虧了咲櫻莉在早餐會場突然告白說她喜歡我的跑姿，被宣告要頂替上場後，我的心第一次有了餘裕，也才吃得下飯。

「恭維妳？」

才不是！咲櫻莉激動地說，聲音甚至引得路人回頭。

「我是真的喜歡坂坂的跑姿。我也好想看妳跑完最後一棒。我很想直接幫妳加油。我看了一小段影片，第一次看到妳那麼拚命的表情，真的帥呆帥爆了。可是看到影片我才明白了。我還沒辦法像妳那樣豁出一切，所以老師和學姐她們才會選了妳。」

我想說「對不起，我再怎麼樣也不該說什麼妳是在恭維我」，然而鼻腔一陣酸楚，喉嚨擠不出話來。

「我現在已經能接受為何自己沒有被選上了。但是看到同樣一年級的她，帶著全力以赴之後的笑容買東西，我發現自己還是好想跑啊……」

正面迎視咲櫻莉充血赤紅的眼睛，我悟出自己因為被菱老師宣告出場，恐慌到不行，完全沒發現也沒注意到咲櫻莉的體貼，以及她當然會有的複雜情緒。

「不對，我不是一個人在跑。」

因為妳那句話，讓我重新鼓起了勇氣──我正要說出最重要的這句話──

「啊，糟糕。」咲櫻莉突然看向手錶。「我離開一下。」

「咦？」

「再一分鐘就烤好了。我姊叫我買台灣蜂蜜蛋糕回去，我去拿一下喔。我們──就約在剛才的地方碰面吧。」

咲櫻莉也不等我回應，一個轉身，行雲流水地鑽進擠滿商店街的人群裡了。

我應該立刻追上去的，腳卻定住了。而且最重要的約碰面地點的那段話，剛好一群外國觀光客經過旁邊哈哈大笑，害我沒聽到。

我姑且朝咲櫻莉前進的方向慢吞吞地走過去，感覺到對自己的嫌惡如石油般源源不絕地噴出來，黏答答地在心胸內側擴散。

很快地，我來到一處與旁邊平行的商店街相連、像是廣場般的地點。台灣蜂蜜蛋糕是在哪一條街？不管是哪一條，我有自信絕對不在我選的那一條。換句話說，我絕對會選錯邊，然後和咲櫻莉錯過，再次迷路，給大家添麻煩——

我打了咲櫻莉的手機，但她不曉得是正在趕路，還是正在買蜂蜜蛋糕，沒有接聽。那麼我最好暫時安坐在這裡，等咲櫻莉聯絡。因為不是說嗎？在山上遇難的時候，不要隨便亂跑，應該待在原地等待救援。

剛好眼前有家看起來很好吃的炸雞店。因為跑了一段路去香舖，肚子也有點餓了。又有長椅，坐在那裡等，從兩邊的商店街都看得到，如果咲櫻莉回來，我們發現彼此的可能性應該會大幅提升——

因此我在炸雞店排隊，買了一盒。

坐到長椅上，用牙籤叉了花林糖[10]尺寸的炸雞塊拿起來，和炸雞店拍了張合照。

「我在像廣場的地方的炸雞店前面。」

我傳 LINE 給咲櫻莉。

然後吃了一塊。

意外地好好吃。

10 花林糖是以加入雞蛋、糖等的麵粉塑形成短條狀，油炸後撒上黑糖或白砂糖的零食。

我飛快地連續丟了兩、三塊進嘴裡，這時旁邊的空位有人坐了下來。那人穿著和我一樣的藍色保暖外套，所以我以為咲櫻莉已經回來了。

「哇，有夠快。買到台灣蜂蜜蛋糕了嗎？哦，就是，真的對不起啦。我全副心思都被要上場的事占據了，都沒注意到妳的感受。可是我在開跑前一刻想起妳對我說的話，生出了勇氣，決定好好享受，不管跟誰跑，都絕不能輸給對方——」

我低著頭，把心中的感情一口氣轉化成語言傾吐出來，然而抬頭一看，坐在旁邊的卻不是咲櫻莉。

「咦！」

可是也不是陌生人，不僅不是陌生人，還是昨天在第五區賽道上並肩奔跑的那個女生，因此我內心「咦咦咦咦！」地尖叫，整個人往後仰。

她就和接下布帶前一刻，在接力區第一次對上眼那時候一樣，剪齊的劉海底下，兩眼射出凌厲的目光。

「台灣蜂蜜蛋糕？——這是在說什麼？」

荒垣新菜兇巴巴地沉聲說道，將牙籤叉起的炸雞塊送入口中。

運動服那麼紅，保暖外套怎麼會跟我們學校一樣是藍的啦？我在腦袋一隅吐槽著，全力道歉：

「對、對不起，我以為是我朋友。」

荒垣新菜從鼻腔深處模糊地發出一聲「啊嗯」，不曉得是表示瞭解，還是隨便。

我之所以知道她的名字，是因為第五區的區間紀錄登載在速報資料上。

她比我快九秒，第八名。雖然沒有每個區間的各別獎項，但大部分的田徑賽，都會把前八名列入得獎名單，因此我在無意識間覺得「好厲害」，順便記住了她的名字。

沒錯，很可惜地，我輸給了她。

抵達田徑場之前，我已經沒有體力追上最後衝刺的她了。在最後一刻，她明確地展現出我們之間的實力差距，徹底擊敗了我。

但也因為一心一意不想輸給她，窮追不捨，我才能在田徑場前一公里處追上先行跑者，就這樣一口氣超過四個人。

順帶一提，她是二年級。這也是從速報資料看到的。

「那個……謝謝妳。」

我在這句話裡凝縮了對她成為絕佳領跑者的感謝之意，微微行禮。

荒垣蹙眉，目不轉睛地觀察了我的表情片刻，把那雙細長的眼睛瞇得更細問：

「謝什麼？」

對喔，突然聽到「謝謝」，也莫名其妙嘛。

「就是，那個，我……我前天才突然決定要出場，完全沒有心理準備。可是我跟在妳後面拚命地跑，跑出了截至目前人生當中幾乎是最棒的成績，所以想跟妳說聲謝謝，對。」

我試著補充說明，卻整個變成了可疑人士的說話口氣。

「妳知道我的名字。」

「對、對不起，我在速報資料上看到的。」

荒垣又從鼻腔深處發出一聲「啊嗯」，丟了一塊炸雞到嘴裡，低聲喃喃：

「這個好好吃。」

「妳是一年級？」

「對。」

「妳叫什麼？」

「坂東。大家都叫我坂坂。」

我看著重複「坂坂」二字的荒垣的側臉，心想「她的皮膚好漂亮」。

「昨天很冷呢。」

「啊，是。」

「雪也很大呢。」

「幸好今天很溫暖。」

「那時候妳怎麼會往左邊靠？」

正要把炸雞塊送入口中的手停在半空中，我忍不住直盯著對方看，不解她在說什麼。

「在五條大道的彎道前，妳不是突然往左邊靠過去嗎？那是為什麼？」

我想了起來，一口氣臉紅了。

「哦，那是……」

我搓著手中的牙籤，無意義地轉動叉在上面的炸雞塊，老實回答：

「其實我是個大路痴。明明路線那麼簡單，可是我卻忘記下坡之後要往哪邊彎了……而且雪很大，根本看不見前面嘛。所以我以為一定是左彎，打算先靠過去。」

連自己都覺得居然想要靠直覺來猜測正式比賽的路線，實在是蠢到家了。

我忍辱告白，卻遲遲沒有聽到回應。她可能是傻眼到無言以對了。我這麼想，低頭吃炸雞。難得美味的炸雞塊，卻變得食不知味了。結果——

「原來是這樣。」

傳來語氣落空的喃喃聲。

「不是看到他們啊。」

「他們？」

我忍不住抬頭。

「我還以為妳是故意靠過去的。」

「故意……？靠近什麼？」

「沒關係，不重要，忘了吧。」

「難道妳是在說那些COSPLAY的人？」

不知為何，我覺得她是在說那些人，說了出來。

「妳看到了？」

荒垣猛地轉向我，激動到幾乎把我嚇一跳。

「看……看到了……」

「也聽到他們的聲音了？」

「聲音……妳說他們兇狠地大喊『我砍死你』嗎……？」

我現在才發現，荒垣長得超美的。明明是炸雞塊正要放進嘴裡，嘴巴半張定格的表情，卻還是很美，所以她絕對是個大美女。

「他們很奇怪呢。怎麼會在那種沒人關注的地方拚命搞怪呢？連衣服都準備得那麼用心……」

荒垣終於把炸雞塊放進口中，慢慢地咀嚼著，以探詢的口氣問：

「他們打扮成什麼樣子？」

「打扮嗎？」

荒垣就跑在我旁邊，應該也看到了，怎麼會問這種問題呢？我如此納悶。大概七、八個人，都是男的，穿著和服，舉著旗子，對了，他們還綁了丁髷，也有人戴著像安全帽的東西——我補充半途想起來的記憶描述，荒垣用有些怔愣的表情聆聽著。

「荒垣同學妳沒看到嗎？」

「看到啦。」

她用一種「問這什麼廢話」的口氣說，接著突然放低了音量：

「可是……沒有那些人。」

「沒有？」

我不解其意地回看她，不知道是否心理作用，她的臉色比在下雪的接力區準備接布帶時更加蒼白。

「我們隊員在快到中間點的地方應援。昨天回去飯店以後，我想起比賽的時候那一帶有奇怪的人在跑，說出這件事，結果來加油的三個人都說沒看到那種人，也沒聽到那種聲音。」

「會不會是太專心在幫眼前的妳加油，所以沒聽到周圍的聲音？」

我自己說著，想起這麼說來，即使那群人鬧烘烘地從後方跑過，沿路的觀眾也沒有半個人回頭。這表示每個人都心無旁騖地在觀賽嗎？不，頂尖選手也就罷了，我們這種檔次的角色，實在不可能有這麼大的吸引力。

「我有個學妹拍了影片，我請她讓我看。那群在跑的人一直大吼大叫，所以應該有錄到聲音，可是影片裡完全沒有。不僅沒有聲音，連他們的影子都沒有拍到。」

「咦？」

「我們從學妹前面跑過去，學妹用鏡頭追著我們的背影時，雖然只有一下子，但也拍到人行道了。可是影片中的人行道上沒有人在跑。我今天一整天都在想，是我眼花了嗎……？可是原來妳也看到了。太好了。比賽的時候，我也超級好奇那些人的……而且他們還揮著像刀子的東西，以觀賽民眾來說，實在殺氣騰騰，氣氛很不尋常。可是如果他們根本不存在，有問題的就是我了。」

接著荒垣用手裡的牙籤指向我的胸口一帶。

「妳不是突然往左邊靠嗎？愈來愈靠近他們，那個時候我還在想，妳是要去警告他們太吵了嗎？所以我才出聲，想跟妳說很危險不要這樣，沒想到妳居然是搞錯方向。」

她無聲地笑了。

剎那間，「右邊啦，右邊！」的聲音伴隨著奔下坡道的感覺重回腦海。

「那聲音……原來是妳嗎？」

「不是我是誰？」

這次我深深低頭，再次道謝：「謝謝妳！」

「可是，影片沒有拍到他們，這太奇怪了。因為他們人那麼多，還拿著『誠』的旗子，八成是在COSPLAY新選組對吧？」

荒垣用「噢，原來妳發現了？」的視線朝我一瞄，用牙籤叉起最後一塊炸雞。

「他們可能是真的。」

「真的？」

「對，真的。」荒垣大大地張口，一口含住炸雞塊。「我們隊員裡面有個新選組的超級粉絲。不，與其說是新選組的粉絲，好像其實是他們的刀子（？）的粉絲。總之那個女生一直吵著要去，所以上午我們全隊一起去了壬生。壬生有新選組的屯所和墓地。從地圖來看，跟我們跑的西大路大道也滿近的。我注意到他們的地點，就在從壬生去到西大路大道那裡。」

「難道……妳是在說真正的新選組從壬生過來，跟我們一起跑了一段？」

「搞不好。」

「現在還有新選組嗎？」

「蛤？」荒垣瞪大了眼睛，毫不留情地指出：「坂坂，妳是傻子嗎？」

「可、可是妳剛才說真的新選組……」

「我說的是，我們會不會是看到了過去的新選組。所以影片才會沒拍到他們。」

我一時無法理解荒垣想要表達什麼。雖然不明白，但反駁的話卻自行脫口而出：

「可、可是新選組的人穿的應該是像藍色背心的——比我們的外套更水藍色一點的衣服。我在伴手禮店也看到很多畫著那種插圖的新選組商品。我看到的人，雖然舉著『誠』的旗子，但衣服是黑的。」

「妳說藍綠色的陣羽織外套對吧？但新選組當時是不是真的穿那種陣羽織，史料上也沒有記載，最近的歷史劇好像也都不採用了。這是我剛剛在壬生得到的知識。」

「新選組是很久很久以前的古人吧？」

「唔，一百六十年以前吧？」

「那，我們是看到死人了嗎？天哪！」

我忍不住倒嗓尖叫，而荒垣明明是提出這說法的人，卻朝我送來調侃的視線，以聽不出是否真心的口吻接著說：

「可是，比起無聊大學生COSPLAY，看到死人比較好吧？搞不好真的有鬼喔。這裡是京都嘛。」

今天氣溫比昨天更溫暖許多，一陣厲寒卻從背後竄爬而上——才怪，我反倒是一陣錯愕好笑。

「什麼跟什麼啊？」

哪可能有這種事嘛。

「找到了！坂坂——！」

這時前方傳來高亢的喊聲，我望過去一看，咲櫻莉正揮著手跑過來。

「啊，太好了，成功再會了。不愧是咲櫻莉。」

我忍不住喃喃道，旁邊的荒垣傻眼地說：

「難道妳又迷路了？」

原以為會直奔而來的咲櫻莉發現炸雞店的存在，突然煞住了腳。她的視線在我和店門之間來回了幾趟，可能也有點餓了，就像被磁鐵吸走一般，被吸進排隊人龍之中。

「就是她嗎？妳剛才誤把我當成她道歉的對象。」

看到咲櫻莉手裡拎著像是台灣蜂蜜蛋糕的紙袋，我心想「順利買到了」，支吾地說：「不是，呃……」

「有什麼好道歉的？妳完成了最後一棒的職責，但她還是怪妳嗎？」

荒垣的口氣有點生氣，毫不客氣地追問。

最後衝刺的時候，她也是這樣呢——我忽然想起昨天第五區的比賽終盤。荒垣完全不管我是什麼狀況，也不耍任何心機，直接一口氣加速往前衝，就這樣把我狠甩在後頭。

「不是的。」

我猶豫跟別校的人說這些好嗎？但仍說出咲櫻莉的成績比我更好，我卻被選為替學姐上場的跑者，然而我只顧到自己的心情，沒有餘裕去關心她。

「根本沒必要道歉。」

我說到一半，荒垣便以激動得嚇人的語氣打斷。

「比起道歉，妳該做的事只有一件。」

「咦？」

「明年再回來這裡。妳要努力衝刺，把她帶來這裡，然後一起在都大路奔跑。對吧？」

我以牙籤叉著炸雞塊的姿勢凝結，火苗扎扎實實地在心底冒了出來。

「坂坂！差不多得去京都站了！會趕不上新幹線！」

我驚覺望過去，咲櫻莉拿著剛買到的炸雞袋子，正在叫我。不妙。我把最後一塊炸雞放進嘴裡，站了起來。

「我先走了。」

我匆匆忙忙行禮後，走了兩、三步，荒垣叫住了我：

「坂坂。」

「是？」我回頭，聽見模糊的一聲「謝謝」。荒垣的臉有點紅。

「我也是，或許因為有妳，才能跑出好成績。我也是第一次跑得那麼好。起跑前我衝勁滿點，心想絕不能輸給這個一看就囂張得要死的小丫頭。妳記得嗎？妳在接力區惡狠狠地瞪我。」

「不、不是，那是因為妳——」

站起來的我，和長椅上的荒垣中間，視線再次撞擊出火花。

呵——荒垣笑了。

我也呵呵輕笑。

「明年再會吧。」

「好的，一定！」

我迎向荒垣伸出的拳頭，以拳頭輕碰了一下。

我低頭行禮，重新背好背包，揮揮手說：「好！回家囉！」奔向咲櫻莉身邊。

# 八月的御所球場

八月の御所グラウンド

我成了八月的手下敗將。

我在自行車上搖搖晃晃，騎過蟬鳴聲嘩嘩刺耳倒灌的鴨川河岸道路，深刻地體會到了。

其實，同樣是河，我也應該要在四國的四萬十川涼爽地划著獨木舟才對。

然而我卻身在京都。

為什麼？

因為我被女友甩了。

兩人的關係就此斷絕。我沒理由去她的故鄉高知旅遊了。原本無比期待的四萬十川清流上的休閒活動規劃自然也煙消雲散了。

如此這般，我被遺棄在京都。

不知不覺間，身邊的人都不見了。大部分的人都返鄉去了，剩下的人騎著機車上渡輪，朝北海道出發，或是抓緊這出社會前最後的機會，參加駕訓班集訓、去柬埔寨參觀吳哥窟、被帶去東京參加企業實習。

每個人都脫離京都了。

我覺得這是聰明的決定。

進入八月，京都盆地化成了地獄熱鍋，將大地熬煮得一片沸騰。站在百萬遍路口，熱到紅綠燈、大學校園的石圍牆、超商招牌都在熱浪中搖晃。在大學餐廳扒著中華丼時，我聽見後方座位的女生聊到坐在鴨川河邊，在海市蜃樓裡看見下游風景，京都塔浮現其中。

沒有人招架得了八月京都的燠熱。

所有的人，都只能平等地淪為敗將。

在連日酷暑的折磨下，身體逐漸無力。一切積極的意志與幹勁都從大腦裡溶出，和烙在混凝土上的影子一同蒸散消失。

有人說「京都就像一片毒沼」，或許所言不虛。一旦被京都腔那聲溫婉的「歡迎光臨」加上笑容拐騙，拖進這裡的棋盤狀街道就完了，應該純真無邪的年輕人的心，就這樣模糊但確實地日漸遭到侵蝕。三年四個月又一星期的時間，我住在這有如物理三溫暖的城市裡，心靈則飽受充斥瘴氣的精神三溫暖薰陶。這表示我已經徹底被毒害了嗎？大四暑假，原本應該要卯起來投入求職活動——不，是非這麼做不可的時期，我卻墮落成一個放棄一切、不去打工、只是怠惰地混過每一天也覺得無所謂的人了。

都已近傍晚六點了，暑熱卻沒有絲毫稍減。街上的空氣黏膩到令人絕望，我敗給八月的暑熱、敗給京都這座城市，不知為何揮汗如雨，踩著自行車踏板，朝三條木屋町前進。T恤整個貼在背上。

因為多聞突然聯絡，說要請我吃燒肉。

多聞很有錢。我不清楚是他打工賺的，還是他當祇園俱樂部少爺，媽媽桑給他的零用錢。但有人要請吃肉，沒有不去的道理。

抵達面對高瀨川的住商大樓裡指定的燒肉店，有人叫了我的名字：「嘿，朽木！」多聞已經一個人占據了圓桌，大嚼泡菜喝啤酒。

「你曬黑了。」

這是我的第一句話。

回溯記憶，最後一次見到多聞，是五月底在百萬遍的炸肉串店喝酒，大概兩個半月不見了。

多聞頂著只比光頭長一點的大平頭，臉上布滿淡淡的鬍碴，那張大臉徹底黝黑。

「最近我每天都去游泳。」

多聞伸手摩挲露出 T 恤袖口外曬得均勻的粗壯手臂。

「游泳？一個人嗎？」

「不，跟女友。」

多聞跟打工的俱樂部的媽媽桑在交往。我記得媽媽桑二十九歲。聽說媽媽桑名目上有個多金男友，但同時也在跟多聞交往。

「今天是你請客對吧？」

入座之前我再次確認，多聞點點頭，打開菜單說：「有事商量。」

「跟你女友有關？」

儘管覺得兩人的關係很妙，但總覺得會觸碰到祇園危險的一面，因此上次的炸肉串店之約沒有深入聊到他女友的事，就這麼解散了。

「是跟教授有關。研究室的事，想跟你打個商量。」

「我是文組的，對理組的事一竅不通耶。」

多聞是理學院五年級，比我大一年級，但我們同齡。也就是說，他應屆考上，我則是重考了一年才進入同一所大學。

「叫啤酒可以吧？」

我在對面坐下，多聞立刻舉手招呼店員，飛快地點了飲料和肉。

「對了，你之前不是說要去四國？我不抱希望地聯絡你，沒想到你居然在京都，嚇我一跳。被女朋友甩了？」

這一針見血到好笑的指摘，讓進入冷氣大開的店內，好不容易才收住的汗又一下子冒了出來。

接著我們烤起送上桌看起來很美味的肉，我應該要聆聽多聞的煩惱，卻不知為何變成我說起被女友甩掉的經過。多聞眨著那雙大眼，在各個要點「噢！」「噢！」地奇妙應和，聽我述說。

我把鹽烤牛舌按在烤爐上，大吐苦水，陷入一種自己的悽慘遭遇就這樣碳化成肉片焦黑痕跡的錯覺。「烤吧！烤吧！」我沉浸在自虐的情緒裡，把邊緣烤得焦脆的鹽烤牛舌放進口中，用啤酒沖下肚。自從十天前被女友甩了以後，我只吃生蛋拌納豆加白飯維生，就好像只要能攝取營養就夠了，因此久違的肉味十足的肉，讓我發自心底覺得美味極了。我懷著受邀來到龍宮城的心情，傾吐自己的私事，同時津津有味地大飽口福。

大致說完的時候，多聞灌掉第二杯啤酒，鼓脹起酡紅的臉頰說：

「原來如此。」

「什麼原來如此？」

「我知道你的預定了。直到盂蘭盆節連假，你沒有任何預定。八月都會一直在京都。」

「這是在講什麼？」

「講我的事啊。我不是說要跟你商量研究室的事嗎？」

多聞叫住店員，高舉酒杯說「續杯」。

「我大五了，延畢了一年。」

多聞徐徐地自我介紹起來。

「我知道。」

「我還沒跟你說，但我已經拿到企業內定了。」

「咦，是喔？」

什麼時候？這個消息完全意外，多聞說了一間好像聽過又好像沒聽過的外國名公司，說是外資顧問公司。

「很有一手嘛──五月吃飯的時候，你怎麼連一聲也沒吭？」

多聞「嗯呵呵」一笑，破戒和尚般野性十足的臉上浮現狂傲的笑容，把新的肉並排到烤爐上，製造出「滋滋」聲響。

「所以我明年非畢業不可。可是照這樣下去，我沒辦法畢業。」

「距離畢業典禮還有很久啊。」

「問題是研究室。」

據多聞說明，理組和文組不同，大四的時候必須參加研究室。因為必須用研究室的器材做實驗，用實驗得到的數據寫出畢業論文，再通過教授那一關，才談得上畢業。

但多聞是大五的延畢生。一直到大四，他都幾乎沒去上課，成天在祇園打工，遊手好閒。雖然名義上有參加研究室，實際上卻一直是人頭學生，直到今天。

想要畢業，就必須從人頭變回真人，寫出畢業論文。要完成畢業論文，就絕對需要研究室成員協助實驗、給予建議。然而能投靠的同屆同學全都畢業了，身邊全是不認識的大四學弟妹。因此多聞拿到內定以後，便勤跑研究室，主動幫忙學弟妹和研究生清潔實驗儀器，展現自己已經洗心革面重新做人，全心全意提升周圍對他的好感度。

結果也許是注意到他的勤奮，教授親自找上他了。「喂，多聞，一起去吃個飯吧。」

多聞抓住這個大好機會，在學生餐廳當面向教授提出自己已經拿到企業內定，無論如何都想在明年畢業的願望。

教授吃著棊子麵[11]，默默聆聽，然後說：

「大概每三、四年，就一定會有像你這樣的學生進來我的研究室。坦白說，我實在討厭你這種不唸書，只想占盡好處的懶鬼。死到臨頭才出現在研究室，想方設法為自己加分，全都一個樣……」

教授放下碗，嘆了一口氣，擦了擦嘴，彷彿早就看透了一切。

沾滿了指紋而模糊不清的大鏡片底下，清澈的眼神綻放著凌厲與冰寒，把多聞嚇得筷間的起司豬排差點掉下來，但這時教授忽然放緩了表情，說：

「對了，多聞，我有個要求……」

11 棊子麵（きしめん）為愛知縣名產，為形狀寬扁的烏龍麵。

教授再次端起碗，喝光基子麵剩餘的湯，對著多聞說出他的「要求」。

「這是所謂的交換條件。如果你願意答應我的要求，我就提供你畢業論文的材料。反正你一定連畢業論文的題目該寫什麼都不知道吧？」

這個指摘無限接近紅心。

「我正在做的研究裡面，有一部分還需要一些數據。架構幾乎都完成了，接下來只要你完成實驗，就有辦法生出畢業論文吧。」

我把剛送上桌的上橫膈膜肉用夾子排到烤爐上，打斷多聞皺眉說：

「可以用這種方法生出論文喔？」

「我們研究室的畢業論文沒有對外公開，只要教授說好，就符合規定。雖然結果大概都知道了，但還是會好好做實驗、寫論文。」

「這樣喔。那，教授拜託你什麼？」

多聞把被丟在烤爐角落的青椒翻過來，低聲問：

「朽木，你會打棒球吧？」

「什麼？」

「打棒球。」

「唔，要說會也是會……」

剛進大學的時候，學系辦過班際棒球賽。那時候買的便宜手套可能還沉睡在租屋處的某處——我提起這段朦朧的記憶，多聞滿意地說「這樣就夠了」，把青椒夾到醬汁碟。

「怎麼會突然冒出棒球來？」

「好難吃。」多聞把臉皺成了一團，吃掉滿是焦痕的青椒，再次話鋒一轉：「你還欠我三萬對吧？」

哦哦？我忍不住噘起了嘴唇，眼前的多聞露出打坐中的和尚般靜如止水的表情，平靜地述說世間真理：「借來的錢會忘，但借出去的錢絕對不會忘——後天。」

「不行啦，我臨時籌不出來啦。」

「不是啦。後天有比賽。」

「比賽？什麼比賽？」

「當然是棒球賽啊。你要加入我的隊伍參加比賽。三萬欠那麼久，你不會拒絕我的要求吧？」

喏，烤焦的蔬菜我來吃，你多吃點肉，今天我請客——多聞把剛烤好的一片上橫膈膜肉夾到我的醬汁碟，宣示今天的第二條真理：

「免錢的最貴啊，朽木。」

教授的要求，亦即畢業的交換條件，也就是——

「在玉秀盃拿下冠軍。」

玉秀盃是什麼碗糕？

是棒球賽的名稱。

「棒球？在熱到人都快融化的這時期，在戶外打棒球？根本瘋了吧？打死我都不要。」

「沒問題的。」多聞以莫名英氣凜然的表情點點頭。「早上六點開打，所以還沒那麼熱。」

「六點？開玩笑，這時間誰起得來啊？」

這沒常識到家的要求，讓我理所當然展現出強烈的拒絕反應，但同樣理所當然的真理，我沒有選擇的餘地。

三萬圓的欠款，加上豪華燒肉的恩情。

走出燒肉店所在的住商大樓，在淤塞的夜晚熱氣籠罩下，高瀨川的存在感比平時更要稀薄，以低到不能再低的水位維持著每日的營生。冷不防地，女友——不，前女友用手機給我看的四萬十川豐沛的清流美景重回腦海。襯著蔚藍的天空，高聳在河川兩側的山巒倒映在如鏡的河面，上面漂浮著色彩鮮豔的獨木舟。應該頭戴登山帽、手握船槳的女子，不知為何變成架好球棒準備揮擊的模樣時，多聞笑著拍了拍我的肩。

「那，後天御所Ｇ見。」

可能是出於大功告成的心滿意足，多聞吹著口哨，走向打工的祇園。我目送他厚實的背影後，踏上歸途。

從三條大橋走下鴨川河岸，沿河踩著自行車前進。

在無人的路上，耳朵浸淫在淙淙流水聲中踩著踏板，一股寂寥無端襲上心頭，所以我才討厭夜晚的鴨川。

不出所料，騎到看見在欄杆照明下浮現於夜黑中的賀茂大橋時，我想起了被女友宣告分手的那一幕。

也不是想起，那裡就是「現場」。

平常的話，她都會從大阪搭京阪電車到出町柳，然後轉乘叡山電鐵到我的租屋處，那天卻聯絡我：「你可以過來出町柳嗎？」

也不是沒有預感。

是有不少徵兆。

但我以為那就像過去也有過好幾次但最後都會全身而退、如同塞車的衝突之一，這次一定也會在不知不覺間，又恢復原本的車流。

可是，回不去了。

那個星期六下著雨。

她撐著傘，站在剛走出出町柳站的賀茂大橋橋頭處。

就在那裡，她宣布要和我分手。

我請她告訴我理由，她沉默良久。

「你沒有火。」

她神情陰鬱地指著我的胸口說。

「連燃盡的餘灰都沒有，從一開始就是一片漆黑。不，可能連漆黑這樣的顏色都沒有。」

她和我同齡，應屆考上大學，所以已經畢業，從春天開始在大阪上班。出社會以後，無論情願與否，她都一點一滴地披戴上宛如鎧甲的武裝，而我老早就放棄了求職活動，所有的一切都從身上剝落。我早就覺得我們之間出現了宛如鴻溝的隔閡。

比方說對時間的感知。當她規劃好的假日活動，因為我賴床而泡湯時，她那種放棄一切的鬱悶眼神……

手搭到橋欄杆上，石頭被雨水打濕的冰冷觸感傳了過來。我俯視著倒映出烏雲而神情不悅的鴨川水流。四萬十川的旅行告吹了呢……現在不該想這個吧？種種念頭漫不經心地冒了出來。

「我要在討厭你之前跟你分手。」

她筆直地迎視我說，我逃避地先別開了目光。

我回溯著不管是聽覺還是視覺都仍鮮活無比的記憶，從河岸騎上賀茂大橋，但因為不想經過被宣告分手的地點，選擇馬路對邊另一側的路過橋。

從那天以後，她沒有任何聯絡，我也沒有聯絡她。她說的分手的理由，我依然未能正確消化。她想要表達的意思，我似乎可以明白，但想到「那我該怎麼做？」，便立刻迷失在死巷子裡。我當然並不肯定自己現在的狀態，但即使說我「沒有火」，我也無從確認。

我在燒肉店問多聞這是什麼意思。

「我哪知？」

他冷冰冰地回答。

「不過，我隱約覺得我應該也沒有那種火。也覺得你問我這個問題本身就錯了。唉，就算焦急，火也不是一下子就點得著的吧。」

我一回到租屋處，立刻打開玄關旁邊的鞋櫃。

燈光照不到的角落，塞著和黑影化成一體的黑色棒球手套。這大概是我們時隔三年的重逢。挖出來套進左手，意外地貼合五指。手套內側還夾著沾有泥污的軟球。

她否決了與我共度出社會後第一個暑假這個選項。

結果我被丟在京都，不是歡暢地在四萬十川划獨木舟，而似乎要被抓去打棒球了。

我用手指和掌心轉動軟球，想像一早六點就和多聞打棒球的自己。

一點都不誇張，真是賭爛到家了。

兩天後的八月八日。

我在清晨五點半醒來了。

正確地說，是被強制叫醒了。多聞周到地打了 Morning Call 給我。

祈禱下起傾盆大雨的期待也落空，一走出住處，雖然還帶著點魚肚白，但一眼就知道會是個大晴天的清澈天空迎接了我。我看了一下天氣預報，接下來一星期，都是連續不斷的酷暑日。

圍繞著手臂的空氣已然微微悶熱。

把手套丟進自行車前籃，跨上座椅。

從租屋處所在的高野以御所為目標，從東大路大道往南騎。從百萬遍拐進今出川大道，再經過賀茂大橋。我撇頭不看與她分手的地點，看著右邊被稱為鴨川三角洲的地方過河，發現這麼一大清早，河岸卻零零星星有人在做體操和慢跑。

體操和慢跑一個人就能做，但棒球就不行了。自己和對手的隊伍加起來，最起碼也要十八人。真的有這麼多人會來嗎？這會不會是多聞的惡作劇，是為了懲罰半點還錢的意思也沒有、一直虛與委蛇的我？會不會抵達現場後，發現空無一人……？

睡意依然如迷霧般籠罩的腦袋想著這些，我沿著圍繞御所的籬笆拐進巷弄，很快地便看到一座門面古色古香的大門。

柱子上掛著門牌「石藥師御門」，布滿黑色鉚釘的門扉朝內側開啟。

目的地是御所G。

說起來，什麼是御所G？

御所G是「御所Ground」的簡稱，也就是京都御所裡面的運動廣場。

記得第一次聽到它的大名時，我忍不住心想：「不可能吧？」說到京都御所，那可是歷代天皇的居所，亦即日本歷史的中樞。這麼重要的場所，可以隨便讓人進去打棒球、踢足球嗎？

沒想到還真的可以。

廣袤的御所土地裡到處都有保養得宜的運動場地，它們應該另有正式名稱，但學生一般都稱為「御所G」。我常在校內公告欄的運動社團招生傳單上看見「每週星期三在御所G練習」等字樣。

穿過大門，正面是一條鋪滿了細沙的寬闊道路，上面拉出了一條細線。是京都市民每天騎自行車經過壓出來的車轍。

我不想騎在難行的沙地上，盡量沿著車轍騎行，右手邊看到了球場。

生鏽的棒球防護網前方聚著一群人。我停下自行車，撿起車籃裡的手套靠近，一名陌生男子向我打招呼：「嘿。」我一頭霧水地也向他行禮。

對方看起來實在不像接下來要打棒球的人。

但我知道他似乎要打棒球，因為儘管他一身招搖的紫色西裝，手上卻戴著棒球手套。在他背後，另一個同樣穿西裝、胸口掛著金項鍊的金髮男子把金屬球棒水平高舉在頭上，正在做伸展運動。

這詭異的氛圍讓我呆若木雞，這時防護網另一頭傳來聲音：

「朽木，這邊！」

轉頭望去，多聞和我一樣下身運動長褲、上身T恤的穿搭，舉著球棒。

「他們是敵隊。」

我連忙跑去他那裡。

「早啊。」

多聞抹著眼頭的眼屎，咧嘴一笑，就像在讚許「來得好」。雖然曬得像黑炭，眼周卻紅通通的，整臉浮腫。眼睛和嘴巴都散發出比前天見到時更倦怠的氣息，他的臉本來就厚實，更加突顯了水腫和下垂，老實說，看起來有夠慘。

「難道你剛下班？」

「是啊。」多聞把扛在肩上的球棒前端抵在地上，可能是敲到了石頭，發出清脆的「叩」一聲。

「OK，九人都到齊了。」

難以置信的是，我居然是最後一個到的。多聞出聲吆喝，坐在長椅或站在防護網旁邊的人便魚貫聚攏過來。

「今天請多指教！」

多聞行禮喊道，其餘的人也含糊地行禮。多聞似乎算是這一隊的隊長，一一叫出組成歪七扭八圓陣的成員姓名，還順便加上「曾經打過棒球」，或「跟我同一間研究室的」、「在打工地很照顧我」等小情報。我得知九人當中，有四人是同一間研究室的同學，另外三人則是同一家俱樂部的同事。

研究室的四人跟我一樣是大四生，等於是多聞的學弟。他們就像會在大學餐廳相鄰而坐的人，散發著熟悉的氛圍。

相對地，俱樂部——不是社團活動的俱樂部[12]，而是多聞打工的祇園職場的三名同事，則是完全駕馭那身感覺會在深夜的木屋町拉客的小哥穿的那種黑西裝，一身行頭乍看之下頗為嚇人。

「小聞，你還帶了衣服來換喔？」

不過是從旁邊拉扯多聞的T恤的動作，讓人感覺到不同於外表的親和。

「這小子是朽木，從高中就是我同學。」

多聞最後介紹我。

多聞似乎已經在腦中決定好布陣，逐一宣布各名成員的守備位置和打擊順序。我是右外野手，九號。清楚明白，就是湊人數的位置。

防護網掛上了計分板，隊名欄位用粉筆字各別在先攻填上「岡田」，後攻填上「三福」。

「我們是哪一隊？」

多聞說「三福」。

「三福是誰？」

「研究室教授。」

「那岡田呢？」

「敵隊的老闆。」

多聞用下巴朝三壘的方向努了努，那群西裝人士已經開始傳接球了。

多聞對隊員說，比賽開始前十分鐘可以練習傳接球，從腳邊的大包包裡取出傳接球用的面罩等防具。

12 日文中的社團，也會使用「俱樂部」這個外來語。

「對喔，你當過捕手嘛。」

忘了是哪一次，多聞說過他國中的時候在棒球隊當捕手。我們高中沒有棒球隊，所以這是我第一次看他戴上捕手面罩，不過還挺有模有樣的。雖然他只比我高了一點，但因為塊頭結實，一穿上防具，整個人便突然大了一號。

多聞把面具戴在頭頂，用運動鞋底勻平本壘周圍的泥土。左右的打擊區已經畫好白線，和多聞搭檔的投手，是他的職場前輩。耳上掛了四個耳環的金髮前輩脫掉西裝外套和襯衫，只剩下一件T恤。然而下身依然是西裝褲和皮鞋，十足前衛的打球穿搭。多聞在本壘後方彎曲雙膝，放低屁股。但好像蹲不太下去，他半彎著腰，擺好手套，「啪！」的一聲，接到一顆勁道十足的球。

我移動到右外野手的位置。御所G沒有護欄，只有泥土和草叢作為邊界，因此我和二壘手及一壘手擺出三角形傳接球時，有點不太確定該站在哪裡。

「球不會飛去那裡啦。」多聞說打過棒球的研究室學弟一壘手笑道，揮手告訴我：「站前面一點。」

好久沒投球了。投得比想像中更順暢，來自一壘手的快球，也成功地精準接住。

比賽開始前，兩隊隔著本壘排成一列。在朝陽照射下，敵隊五顏六色的西裝一字排開的模樣一整個格格不入，而且壓迫感十足，但行禮的時候，雖然是沙啞的酒嗓，卻是對方先朝氣十足地喊出：「請多指教！」

貌似努力工作到早上的敵隊男人們，一樣脫掉西裝外套，剩下襯衫或T恤，嫌陽光刺眼地瞇著眼，站上打擊區。儘管蒼白皮膚上的紅暈顯示酒精未退，但仍揮舞著球棒，遠遠地看去，那模樣也像是被拖到大太陽底下的吸血鬼。

比賽不到一小時就結束了。

我聽說業餘棒球賽只有七局，但第五局下半我方進攻時，分數來到2：12，宣布比賽提前結束了。

敵隊落敗後，紛紛大聲喊著：「可惡！」「下次一定要贏！」「回去睡覺了！」退潮般離去了。

「大家，打得好！」

多聞逐一拍打隊員的肩膀，告知下一場比賽在兩天後，同樣早上六點。不知道究竟有著什麼樣的動機，竟沒有半個人表露不滿，彼此招呼「後天見」、「辛苦了」，就地解散。

「啊～餓死了。」

多聞把整套防具收進包包裡，扛上肩膀。

「那是你的嗎？」

「不是，是研究室的備品。」

我現在要去還，順便一起去麥當勞吧——多聞這麼說，因此我們兩台自行車並排，一起騎向百萬遍。

我們在麥當勞的二樓座位吃早餐，多聞立刻回顧賽局說：

「你那記球接得太讚了。換成我可能接不到。」

多聞隊長讓打過棒球的人擔任游擊手和左外野手，這個策略大獲成功。敵隊擊出去的球都集中在左邊，滾地球迅速被游擊手解決，高飛球則是被左外野手輕鬆接殺，幾乎所有的出局數都由棒球經驗者包辦。防守右外野的我這邊，一直到第四局都沒有半顆球過來。我沒想到右打者的球還真的全都往左飛。

第五局守備的時候，只有一次打者揮得太慢的球棒碰巧撈中來球，擊出高飛球，還飛到了我防守的右外野來。

「沒有經驗，很難預測高飛球落下的地點，你居然接到了。」

那完全是矇到的。

隨著響亮的一聲「鏘」，我的視野雖然捕捉到高飛的白球，卻完全不知道會落向何方。我覺得杵在原地也很怪，前進了幾步，球突然朝我這裡飛來了。我連忙後退，盡可能伸長了身體高舉手套，沒想到隨著一道沉甸甸的衝擊，球落入套中。

我們得勝的原因，一方面是因為防守扎實，但最重要的還是投手程度天差地遠。對方投手可以說幾乎沒投出幾個好球。不知道是酒醉還沒全醒，或是控球力不佳，投手臉色蒼白地投出四壞球保送，滿壘的時候被擊出安打，如此重複個幾輪，一眨眼比數就拉到相差十分了。就連我都因為四壞球保送上壘了兩次，這兩次也都在後來成功回到本壘了。

「還有四場比賽，拜託啦。」

多聞輕鬆無比地說，幹掉了滿福堡加蛋。

如此健康過頭的早晨還有四次。

我沉浸在憂鬱難言的情緒裡，用吸管吸起柳橙汁。

玉秀盃。

它說起來就像是「昭和的殘骸」。

後來我在麥當勞聽多聞說明了前天在燒肉店沒能聽到的大賽詳細背景。多聞說，當時他還無法捨棄我會不理他的 Morning Call 放鴿子的可能性，那樣的話，等於是白費唇舌一場，所以才沒有先告訴我——

雖然也要看教授和學生的關係，不過現在偶爾也會聽到教授帶學生去祇園相熟的媽媽桑的店吃飯的事。那名教授在自己還是年輕學生的時候，也在教授領路下嘗到了祇園的美酒佳人滋味，說得誇張一點，這也可以說是一種薪火相傳、文化傳承。

多聞的研究室老大三福教授也不例外，學生時代被師事的教授帶去祇園，經歷到溫柔鄉的愉悅。特別療癒他的心的，是某一名藝妓。學術界從古至今，向來是弱肉強食的殘酷圈子。每當對研究的熱情之火風雨飄搖，在祇園守候的那名藝妓便鼓勵年輕人，給了他挺身對抗驚濤駭浪的勇氣。

參加玉秀盃的隊伍共有六支。

由青春時期受到同一名藝妓鼓勵的恩客為代表，各自組成隊伍，每年在這個時期舉辦棒球大賽。

沒錯，那名藝妓的藝名就叫「玉秀」。

就如同三福教授那樣，其他還有許多青年在即將挫折放棄之際，受到玉秀溫婉的鼓勵而重新奮起，後來功成名就。即使現在年歲已高，他們仍繼續流連祇園。宛如報恩，又或是文化傳承一般，他們帶著自己的晚輩、員工、客戶、學生，前去光顧過去的玉秀現在以媽媽桑的身分所在的lounge「玉秀」。

「你也去過嗎？」

我不懂所謂的 lounge 和俱樂部有何不同，小口小口啜著柳橙汁問。

「叫我參加玉秀盃的時候，教授帶我去過一次。」

「你看到那個傳說中的前藝妓了嗎？」

「她是那裡的媽媽桑嘛。她穿著素雅的和服，措詞非常高雅，跟我說了古早到不行、祇園真的曾風靡一世那個時代的事，可是怎麼說，有夠無聊，我聽得有夠累。」

看來傳奇藝妓的魅力無法傳遞給令和時代的年輕人。

「可是，為什麼要辦玉秀盃？她喜歡棒球嗎？」

「我也問了『玉秀』的媽媽桑。她高雅地回應：人家完全不懂什麼棒球規則。」

「那，怎麼會？」

「足球不是有世界盃嗎？」

「嗯？」

「不管是世界盃也好、WBC也好，還是隨便一個市民運動大賽也好，贏的話可以拿到什麼？」

「獎金？不，獎盃嗎？」

「這也是，但最重要的就是榮譽。」

「喔……」我含糊地應聲，於是多聞說出一串宛如咒文、我一時不解其意的文字：

「贏家可以讓玉秀媽媽桑在臉上親一個。」

「贏家可以、讓玉秀媽媽桑、在臉上、親一個。」

我分成幾段複述了一遍，多聞鄭重地點了點頭。

「太扯了吧！」

「真的。他們是認真的。過去的玉秀是眾人的女神，是維納斯、是太陽。

她現在依然在他們心中閃閃發亮。」

「等一下，『玉秀』的媽媽桑現在幾歲？」

「我可沒大膽到敢去打聽女士的年紀，所以我也不清楚。聊到說到棒球就想到什麼的話題時，她提到她剛當上藝妓時，巨人正達成Ｖ９，所向披靡。」

「什麼Ｖ９？」

「巨人在日本大賽達成九連霸。是王貞治和長嶋茂雄還在巨人的時代。」

多聞掏出手機，喃喃著「Ｖ９」，手指在螢幕上滑動。

「巨人達成Ｖ９，是剛好五十年前的事。藝妓好像是二十歲左右才能當……所以嗯，就是這麼回事。」

「你們教授幾歲？」

「研究室的研究生說他三年後退休，所以六十二吧。」

「等於往來了四十年嗎？太厲害了。」

「玉秀盃好像也是延續了超過三十年的歷史悠久的棒球大賽。」

以前三福教授也會親自上場比賽，但幾年前引退了。各隊代表也一樣。但各隊代表的共識是，只要「玉秀」的媽媽桑開店一天，大賽就要繼續辦下去。

「為了我這樣一個老奶奶，辦了幾十年的棒球賽，實在很害羞，但真是教人開心吶。」

聽說媽媽桑也嫻淑地這麼笑道。

我打從心底嘆了一口氣。

這夥人也太會給人找麻煩了。

這是功成名就的老爺爺和老太婆之間的浪漫情緣——不，還是老醜的關係？年輕人被捲入老人們無聊的競爭，今天也一大清早六點就被召集到御所G，被迫打上一場代理戰爭——不對，代理棒球賽。太沒意義了。太浪費精力了。老害[13]也得有個限度。

「也就是說，六隊進行循環賽，由成績最好的一隊獲勝。然後『三福隊』獲勝的話，教授就能得到維納斯的香吻，而你可以順利畢業——就是這麼回事嗎？」

「沒錯，朽木。今天的對手『岡田隊』，是在祇園和木屋町有好幾家店的大老闆的隊伍。不選在白天，而是在清晨比賽，也是有理由的。他們的主戰場是晚上，所以白天都在睡覺，而且一般上班族的話，白天要上班。」

「今天那些人為什麼要幫你？研究室那些學弟也都面臨畢業危機嗎？他們跟你不一樣，看起來很老實。店裡的同事呢？都跟我一樣欠你錢嗎？一般不會願意這麼一大清早跑來打球吧？」

「你說到重點了。」多聞在兩道粗眉中間擠出皺紋。「每年暑假參加棒球賽，好像成了研究室的例行公事。所以留在京都的研究室學弟都算是滿配合

13 日本社會高齡化衍生詞彙，形容占用社會資源卻對社會毫無貢獻的老年人。

的。但今天還是缺了三個人。我找了我們店裡每一個少爺，但都被冷冰冰地拒絕了。我想說孤注一擲，問遍了旗下店裡的前輩，好不容易湊足了人數。」

「你剛才不是說同一家俱樂部？」

「就算解釋得太詳細，研究室的學弟也搞不清楚嘛。我找了當投手的那個前輩，他從店裡又帶兩個年輕人來，真的幫了我大忙。」

「那個金頭髮的投手也是工作到早上吧？居然肯來。」

「這就是互利互惠囉。」

「你給了人家什麼好處？」

「現在每個地方都缺人手。我自己那邊下班以後，再去前輩的店幫忙。」

「天哪……也太累了吧？」

「前輩的店那裡，是男人要喝酒……我只是幫手，所以沒有業績壓力，但不喝就不算幫忙了嘛。」

雖然和比賽前相比像樣了一些，但多聞曬黑的臉依然一片土黃色。「好睏。」他打了個大哈欠，於是我們順勢起身，在店門口道別。

我騎著自行車，沿著東大路大道朝著高野北上，感覺帶著濕氣的不適暑氣已經開始淹沒整座城市。我一回到租屋處就打開電扇，直接倒在床上。就算中間夾了一場棒球賽，還是可以算是回籠覺嗎……？墜入夢鄉之前，我想像著在玉秀盃贏得冠軍，還沒看過的三福教授讓還沒看過的玉秀媽媽桑親吻臉頰的未來畫面，卻感覺那是超越人類智識的世界發生的事，只浮現出抽象畫般的意象。

八月十日，凌晨五點半起床。

徹底的既視感，完全是兩天前的重複。

被多聞的 Morning Call 叫醒，神智昏沉地換好衣服，腋下夾著手套出門。

又是個大好晴天。

走出租屋處瞬間的體感，似乎比兩天前更熱了一點點。而且現在才清晨不到六點，氣溫卻已經超過二十五度了。地球還好嗎？

玉秀盃第二戰的對手是「山本隊」。

根據多聞的情報，是在嵐山和烏丸五條開飯店的企業家隊伍。

我半睡半醒，依靠惰性踩著踏板，穿過御所大門時，看見門柱旁邊站著一個女生。打扮隨興，T 恤配牛仔褲，正看著手中的手機。我覺得那張側臉很面熟，但對方低著頭，所以我不確定，而且我覺得清晨六點在御所遇到熟人的機率應該連零都不到，因此立刻將她從意識中拋開了。

御所 G 前的綠籬前面並排著自行車的景象，也是忠實地重現兩天前的樣子。站在防護網旁邊的多聞，臉上一清二楚地顯現出慘遭酒精蹂躪的痕跡，這也都一樣。但與上次不同的是，他那張鬆弛的表情裡，散發出極為凝重的神色。

「怎麼了？」

我們從高中開始，已經認識了八年了。和玉秀媽媽桑與教授他們的交情相比，雖然只有短短五分之一的長度，但我還是看出他似乎遭遇了困難。

「有一個人臨時不能來了。」

「這樣啊。」我嘆了口氣。

研究室學弟在租屋處冷氣開太強，結果感冒，從昨天就高燒臥床的樣子。

「研究室裡已經沒有對教授赤膽忠心、願意在一早六點趕到御所的學生了嗎？」

多聞可能連反駁玩笑話的餘裕都沒有了，嘴唇扭曲著，沉吟不已。

「而且，為什麼你們老大沒出現？叫年輕人這麼一大清早來打球，自己卻呼呼大睡嗎？然而獎賞卻是自己獨享，未免太厚臉皮了。」

「這是為了維持公平。」

「維持公平？什麼公平？」

「我們教授應該還能打棒球，但其他隊的代表，不是每一個都還能打。好像也有人生病正在療養。在現場鞭策隊員，也是不折不扣的戰力吧？既然如此，為了公平起見，代表不能在比賽時露面——是這麼個說法。」

聽起來完全就是在正當化想在家裡悠哉睡覺的欲望，但要說有道理，也確實言之成理。

「八個人不能打嗎？」

「如果是普通的業餘棒球賽，向對方借個人就成了，但這是攸關勝負的比賽。如果不能在比賽開始前湊齊人數，就會因為比賽不成立而判輸……」

就在這時——

我看見一個女生盯著手機，從抱起粗壯手臂的多聞背後走了過來。那身素白T和牛仔褲我有印象。是剛才站在門柱旁的女生。

女生來到我面前，抬起頭來。

她不經意地瞥了眼聚在三壘的我們隊成員，露出訝異的表情。「啊。」她好像發現了什麼，望向聚在一壘處的敵隊隊員。接著眼角浮現笑意，就像在說「原來在那裡」，揮起了手。

敵隊的一人也朝她揮手，她呼應地九十度轉向走過去，這時——

「蕭學姐！」

還沒完全清醒的腦袋自行反應了。

女生驚嚇到手中的手機差點滑落，回頭看我。回頭的瞬間，甩動的劉海幾乎蓋住一隻眼睛。她用手機邊緣把劉海撥到旁邊，盯著我的臉看了幾秒，嘴唇幾乎不動地發聲：

「朽木、學弟……？」

接著她又搶在我發問前問：

「你怎麼會在這裡？」

「呃，我等下要比賽。」

我舉起左手的手套代替招呼，想起：不，比賽可能打不成。

「蕭學姐妳呢？」

「我朋友要參加棒球賽，我來幫他加油。」

她指向聚在一壘的那群人，幾個人揮手回應。蕭學姐用清脆的中文回應他們，立刻又聽見中文回答。

蕭學姐是中國留學生。

至於我怎麼會認識她，因為我跟她是同一個學院研討班的。

不過她是研究生，比我還要大。她因為是研討班教授的研究室成員，以觀察員身分參加研討班。

在研討班裡，蕭學姐給人的印象，一言以蔽之就是「可怕」。

她是研討班裡口才最犀利的一個。

以前在討論司馬遷《史記》的課程中，我看到「烈女」一詞（原文是寫「列女」）。「烈女」到底是什麼氣質的女人？我實在琢磨不出具體的形象，任意猜想或許就像女子摔角選手那樣的人，這時蕭學姐登場了。

「累積毒素有害健康。」

在研討班推特的成員介紹中，她在「喜歡的話」裡列了這句不曉得是中國諺語還是純粹個人信條的句子。

就如同這句話，每次研討班活動，蕭學姐都會不時吐出讓在場的日本人心驚膽跳的毒辣言詞。平常對話時，即使是對比她小的大學部學生，學姐也一定使用禮貌的敬體，態度也很溫和，然而在研討班上卻會毫不留情地揮砍出有如偃月刀的鋒利言詞。

「那種內容繼續說下去也沒有意義。根本是為了議論而議論。你是太閒了嗎？」

這就是烈女——！

儘管體格嬌小，和女子摔角選手是兩種極端，但蕭學姐在研討班上的表現，讓我如此直覺地想。

或許和司馬遷想要傳達的意思有些不同，但是對學姐來說，場子的氣氛終究就只是氣氛，不值得顧忌。即便對方是教授，她也敢於提出異議：「我聽不太懂。」那強韌的精神力，幾乎令人讚嘆著迷。

這樣的「烈女」蕭學姐，在上學期的研討班結束後的酒局上低聲喃喃道：

「京都的暑熱真的糟糕透頂。留在這裡就輸了呢。」

當時我因為剛好跟她同桌，便問：「學姐不去旅行嗎？」她嘴唇扭曲，搖了搖頭，「我沒錢。」既然聊到，她也問了我暑假的安排，記得我跟她說了四萬十川划船的計畫。但在我淪為「八月敗將」的現在，那已經成了一段黑歷史，我祈禱蕭學姐已經忘了這件事，卻期待落空——

「你說過你要在盂蘭盆前去四萬十川呢。」

蕭學姐展現了她優異的記憶力。

「啊，他在放暑假前一刻被女朋友甩了，計畫全泡湯了。所以才會在這裡打棒球。」

這時從手機抬頭的多聞突然插話進來說。

「哎呀！」蕭學姐睜圓了眼睛。

不知道是原本的口頭禪，還是知道日本人超喜歡這句話，像多聞聽到就激動地反應：「我第一次聽到真的『哎呀』！」蕭學姐在研討班的時候，也會時不時發出：「哎呀！」雖然毒舌，但眾人絕對不排斥她，是因為她的「哎呀」出現的時機總是恰到好處，而且聽起來實在很可愛。

「學弟，你很會打棒球嗎？」

「打得很爛。我是九號右外野手。」

九號右外野手？蕭學姐詫異地複誦了一次。

「你們隊強嗎？」

她又問，饒富興味地觀察我們隊那位一身一看就知道是做特種行業的西裝、頭染金髮的投手。

別提強不強了，連能上場比賽的人數都不夠。我正在思索該怎麼回答，忽然興起疑問：蕭學姐怎麼會這麼一大清早跑來加油？就算是為了幫朋友加油，會願意早上不到六點就跑來御所嗎？

「蕭學姐怎麼會來這裡？」

也許她也認為這個問題比我們隊強不強更重要，微微點頭「哦」了一聲，朝一壘那裡望去。

「我朋友在嵐山的飯店打工。他們今天奉社長的命令來打棒球。因為有特別獎金，所以大家都很起勁。我是來學習的。」

「學習？學習什麼？」

「當然是棒球啊。」

她的聲音變得有點兇，就像在說「不要問一些廢話」。

「只是這樣而已嗎？」多聞再次插嘴。

蕭學姐皺起一雙柳眉，就像在問：「什麼意思？」

「妳不是另一隊的選手吧？」

多聞的眼睛射出奇妙的光芒問。

「當然不是。」

「那妳要不要跟我們一起打球？」

咦？我比蕭學姐更先發出驚叫。

「我們一個隊友突然不能來了，這樣下去不能比賽。難得妳跟妳的朋友一大清早來到御所，也會變成白跑一趟。但如果妳當我們隊的選手出賽，就可以比賽。」

「我嗎？」蕭學姐明顯驚慌失措，多聞堅定有力地宣言說：「妳只要站著就行了。」

確實，兩天前的比賽五局就結束了，但我的球棒一次都沒有敲出清脆的聲響，防守時飛來右外野的也只有一球。就算我沒有去追那顆球，讓它變成全壘打，我們應該還是不會輸。多聞那句「站著就行了」應該所言不虛。

「當然也提供手套。」多聞從防具袋裡取出一只手套，附耳對我說「喏，朽木你也拜託一下啊」，但要突然邀蕭學姐一起打球，未免——

我正猶豫不決，蕭學姐說了聲「請等一下」，跑去一壘的朋友那裡了。

等了大概一分鐘。

一如所言，她很快就小跑步回來了。

「沒問題！」

聽見她果斷地宣布決定，我和多聞同聲歡呼：「耶！」

「可是，全部的人都到了嗎？棒球要九個人才能打吧？你們有七個人，加上我八個人，還少一個人。」

「他只是晚了一點，很快就會來了……」

多聞話聲未落——

「小聞，歹勢！」

一道聲音響起。

「我們店的小恭昨天去別家店幫忙，我剛接到聯絡說他在那裡喝到爛醉，在店裡睡著了。看來是起不來了，歹勢！」

金髮投手雙手合十賠不是。臉色還是一樣蒼白，但耳上的四連耳環反射著朝陽，金光四射，總覺得道起歉來很神聖。

一波未平，一波又起。剛過清晨六點接到的這個絕望的消息，讓多聞再次悶聲呻吟。

「什麼人都可以嗎？既然都會問我了。」

看著我們對話的蕭學姐問。

「唔，是這樣沒錯啦……」

多聞一雙粗眉垂成八字形，用力搔抓頭髮。

「那麼，我來找人吧。」

「咦？」

多聞止住抓頭髮的手，而蕭學姐已經走了出去。

今天的比賽，「三福隊」被分配到三壘這一側。一壘那邊沿著邊線並排著小長椅，但三壘這裡沒有長椅。不過稍遠處有棵大松樹，繁茂的枝葉底下擺著長椅。

蕭學姐走向那張長椅。

那裡有名男子。

男子跨騎在自行車上，一腳踩在長椅邊緣，正呆呆地看著球場。

蕭學姐在男子旁邊停步。依稀傳來她說「早安」的聲音，男子驚訝地轉頭。他應該年近三十。從他頭部的動作，好似可以聽見「喔」的回應，不時對單方面說明的蕭學姐點點頭。

一會兒後，男子下了自行車。他把車留在原地，和蕭學姐一起走了過來。

「不會吧……你朋友太強了吧！」

「不是朋友，是研討班的學姐。」

蕭學姐注意到傻掉的我和多聞的視線，雙手在頭上圍出大圈圈，以清亮的聲音說：

「他說可以跟我們一起打球！」

我從小就喜歡那首〈南島的哈美哈美哈大王〉兒歌。就像大家都知道的，在歌詞的世界裡，大王的孩子們過得輕鬆寫意，颳風就上學遲到，下雨就學校請假。

如果能夠，我真想像哈美哈美哈大王一家人那樣，只因為「很熱」這個理由，就拒絕外出。然而我卻在下午三點這個最為酷熱難當的時段在外頭騎著自行車。每當遇到紅燈，我就喃喃著「快死了」，依著對方指定的地點，騎到了河原町今出川路口附近的老字號義大利麵店「SECOND HOUSE」。

一坐下來，我便一口氣灌掉杯中的冷開水，等待冷氣的風收乾我的汗水，結果蕭學姐晚了約五分鐘到了。

「我還要蛋糕，餐後上，麻煩了。」

在我正面坐下來的她，額頭一樣也汗水淋漓。她從包包裡取出爽身紙巾抽出一枚，邊抹後頸邊翻完整份菜單，點了「鮮菇蛤蜊義大利麵」。我點了冰咖啡。

她的服裝和昨天在御所G看到時幾乎一樣，非常簡單，T恤配牛仔褲。

為何我會和蕭學姐在這裡面對面坐著，宛如一場義大利麵約會？

因為這是她提出的條件。

也就是說，這是她在加入「三福隊」時，重新提出的要求：我可以出賽玉秀盃，但要請我吃午飯。

光是她本人參加就夠令人感激了，而且她還拉來一名陌生男子入隊，湊齊了能夠比賽的人數。當然，多聞不可能拒絕這個要求，「交給你了，朽木。」

他塞了一張千圓鈔票給我，拍了拍我的肩，彷彿接下來全是我的責任。

「昨天的比賽真精采。我的朋友們都非常不甘心，因為如果他們贏了，社長就會給他們贏球獎金……」

蕭學姐喝了口冰水，淺淺地笑了。水杯外側布滿了細小的水珠。

就像她說的，我們「三福隊」擊倒飯店集團社長率領的「山本隊」，贏得了第二戰的勝利。不過不像第一戰那樣戰況一面倒，雙方投手都投出一堆三振，或是擊球被接殺，儼然投手戰，比數也非常接近，以3：2收場。

「蕭學姐真的明天的比賽也會來嗎？」

「不行嗎？」她反問，我搖頭表示沒這回事。

「學姐喜歡棒球嗎？」

「還不知道喜不喜歡。」

昨天的比賽，蕭學姐第一棒就遇到觸身球。她因為是兩隊裡唯一的女生，對方投手或許也過度緊張，脫手投出的球就這樣擊中了她的屁股。蕭學姐撿起掉到自己腳邊的球，若無其事地扔回給對方投手，再次舉起球棒。

「蕭學姐，那是觸身球。」

多聞笑著對她說，她也一臉怔愣地回頭。她似乎不理解棒球規則，裁判對她解釋，她才放下球棒，朝三壘走去，我們隊員都紛紛指向一壘：「那邊！那邊！」她「喔」一聲點點頭，掉頭走過去。

雖然蕭學姐這麼狀況外，卻說她昨天早上六點會出現在御所Ｇ，最大的理由是想要學習棒球。

「學姐怎麼會想要學棒球？」

這時「鮮菇蛤蜊義大利麵」送上桌了。蕭學姐靈巧地用湯匙和叉子從殼裡取出蛤肉。

「是為了研究。」

「研究？研究棒球嗎？」

「我在研究所研究日本的職業運動史。在中國，職業運動遲遲發展不起來。我在研究為何日本的職業運動能夠順利茁壯，所以才想瞭解在日本歷史悠久的棒球。因為有機會實際看到比賽，所以我昨天才會去御所。」

這麼說來，我從來沒聽說過蕭學姐在研究所研究些什麼。原來是這樣的主題？我正暗自佩服，她吃了口用叉子捲起的麵條，突然發出大叔般的兇狠低吼：

「歐里空打咧！」

瞬間周圍的客人都詫異地轉頭看過來。

「那、那什麼？」

「我第一句學會的日語。」

「歐里空打咧——？」

「對。」蕭學姐把叉子放回盤子。「我一直對棒球很好奇。用一根棒子擊球，打了就跑，然後在一塊方板子上停住。為什麼打到球的人不繼續跑下去？為什麼打到球的人在下一個打球的人上場時、投球的人丟出球時，就偷偷離開那塊方板子，又趕快跑回去？下一個打球的人把球擊到遠方時，站在方板子的人就同時開跑。有時會一直跑下去，但有時候又會回到原本的板子上，這是為什麼？」

我大概可以理解蕭學姐感到疑問的場面是什麼。但是要說明棒球獨特的規則——對不知道牽制、離壘、返壘等棒球術語的人說明狀況，意外地困難。

「呃，那是……」我開口，卻接不下話，這段期間，蕭學姐已經把「鮮菇蛤蜊義大利麵」吃得一乾二淨，起身說：「我去選蛋糕。」

她仔細物色了門口附近的蛋糕櫃後，向店員點好，返回座位。

「昨天是我人生第二次接觸棒球。」

「第二次？學姐之前在哪裡打過棒球嗎？」

「不，第一次只有看。」

「看職棒嗎？還是在甲子園看高中棒球？」

「不是。」蕭學姐搖了搖頭。「是在北京看的。」

「北京？」

「對，二〇〇八年的夏天。」

「居然一下子就講出年份。」

「只要是北京人，每個人都記得。因為那是中國第一次舉辦奧運。」

「哦。」把冰咖啡端到口邊的動作停住了。「那一年——我小二。」

「我小六。」

二〇〇八年，北京奧運。

我出生後第一次認識到奧運這項活動，就是北京奧運。

蕭學姐看著送上桌的千層蛋糕和冰咖啡，把蓋到眼睛的劉海撥到旁邊：

「真不錯。」

二〇〇八年當時住在北京的蕭學姐，得知要全校一起去參觀奧運比賽，從好幾個月前就滿心期待著那天的到來。

然而，期待卻變成了困惑。

因為蕭學姐的學校被分配到的觀賽項目，是她從來沒聽說過的運動賽事。

觀賽當天，觀眾席圍繞著從未看過的比賽場地，孩子們被要求坐在那裡觀看比賽。然而，包括帶隊的老師在內，沒有半個人知道在眼前上演的比賽是什麼運動。連精不精采都懵懵懂懂，時間就這麼不斷地過去。觀眾幾乎都是中國人，但應該所有的人都不懂規則吧。孩子們漸漸無聊起來，撇開場上的活動，自顧自聊起天來。因為他們眼前正在進行的，是叫做「棒球」的未知運動，是日本對荷蘭這種與自己毫無關係的對戰組合。

異樣漫長的比賽時間，讓蕭學姐也漸漸對觀賽感到痛苦起來了。

而且又很睏。

蕭學姐遵守帶隊老師「安靜看比賽」的交代，忍耐著不跟左右同學聊天，但集中力也漸漸瀕臨極限了。

這時，一道奇妙的吼聲傳來：

「歐里空打咧！」

她立刻看出是誰在吼叫了。

斜前方處，每個人都乖乖坐著看比賽，卻有個體格渾圓的男人站起來，右手轉個不停，再次大喊：

「歐里空打咧！」

聽到這裡，我終於聽出蕭學姐「這輩子第一次聽到的日語」到底是在說什麼了。是激動大喊而黏在一起的「轟出去啦[14]」。

那更接近吼叫的「歐里空打咧」到底是打氣還是噓聲，從語氣聽不出來。

蕭學姐繼續觀察那名男子。她聽到帶隊老師們在說「那是日本人」，得知那句「歐里空打咧」是日語。由於她印象中的日本人總是喜怒哀樂不形於色、性情冷漠，因此那名解放一切情緒、完全不在乎周圍目光、一個人大吼大叫、用全身加油的男子，讓蕭學姐滿懷驚奇地關注。

「那場比賽是哪邊贏了？」

「不知道。晚上九點前，學生就被帶回家了。雖然比賽才進行到一半，但大家都很開心終於可以回家了。」

蕭學姐說，這是她第一次經驗到的異文化。

雖然還有其他許多原因，同時也是這些原因交互作用的結果，但如果有人問我怎麼會跑來日本讀研究所，我會回答是因為在奧運棒球場聽到的那句

14 日文「放りこんでやれ」的發音為「HOURIKONDEYARE」，若是唸快一點，就會連成「ORIKONDAREE」。

「歐里空打咧」——

蕭學姐介紹了她與日本文化（？）意外的結緣之後，戀戀不捨地將最後一小塊千層蛋糕送入口中，深深低頭行禮。

「謝謝招待。」

「不會，我們說好的。」

我連忙從椅背直起身說。

「那麼，我還可以再被請客三次呢。」

蕭學姐抬頭，愉悅地一笑。

「明天也要打贏！三福隊加油！」

最後的「加油」是中文。

據多聞說，玉秀盃六支參賽隊伍的代表，若要比喻，就像是六角形的頂點，這個六角形的中心，是過去藝名叫「玉秀」的前藝妓。各別的頂點與中心之間，以這段四十年的漫長歲月編織出的扎實輔助線相連。相對地，頂點之間的關係也不是一般地濃密，他們有時是朋友、有時是對手，以形形色色的形式彼此切磋琢磨，建立起各自今日的榮景。

其中，多聞研究室的老大三福教授，與同一個學系的太田教授長達四十年的對手關係，更是驚天地泣鬼神，眾人稱之為「太福戰爭」。

兩人在大學師事同一名教授，在同一個時間點認識了「玉秀」。兩人承載著玉秀的鼓勵，在學術界闖蕩，繼續留在大學，在激烈的升遷競爭中脫穎而出，一起升上了教授。雖然無從得知兩人在成功出人頭地的過程中，發生過怎樣的戰爭，「玉秀」又是如何牽扯其中，但兩人現在依然維持著誓不兩立的對手關係，多聞好像也被教授親自囑咐「輸給誰都可以，就是不准輸給太田」。據說雙方為了爭奪系主任的寶座，就宛如拿這輩子當賭注的最終決戰般，準備殺個你死我活。三福教授似乎幼稚地把這場棒球賽當成系主任之爭的前哨戰，打定主意要把對手打個落花流水。

但這年頭的學生都公私分明。

我來到等待第三戰開賽的凌晨六點前的御所G，看見多聞頂著比兩天前更凝重的表情叉開雙腳站著。

研究室組又少了一個人，除了多聞以外，就只有兩人到場。不光是大學部學生，多聞也問了研究生，然而教授的豪情對他們就像是東風馬耳，無人理會。

「說起來，都怪我們教授太小氣啦。得拿出更吸引人的誘餌才行啊。」

多聞埋怨著，但實際上研究室只剩下巴著畢業這個特大誘餌不放的多聞，以及純粹想打棒球的兩名經驗者，去年之前隊伍到底是怎麼成立的，實在是個謎。

「這比賽居然有辦法持續到現在。說起來，暑假的這個時期，根本不可能找到人嘛。」

「我也對教授這樣說了。我說現在是盂蘭盆節前，很多人都返鄉了，每場比賽都要湊到九個人太難了。」

「你老大說什麼？」

「他笑說『橋到船頭自然直』，沒理我。」

確實，就像多聞的老大說的，兩天前的第二戰因為臨時有蕭學姐和另一名幫手加入，驚險過關，但感覺今天實在是束手無策了。畢竟夜班組也再缺了一個人，只剩下金髮投手參加，狀況嚴峻。附帶一提，金髮投手在店裡的花名叫隼人，二十六歲，高中參加過棒球隊。雖然頂著一張顯然帶著酒意的疲倦面容，卻仍忠實地穿著西裝登場，好像也是因為純粹想要當投手的樣子。

結果上午六點這時間在御所Ｇ集合的，就只有我、多聞、愛好棒球的三人、蕭學姐，這少少的六人而已。

「還少三個人。這準備工作也太離譜了。」

蕭學姐毫不留情地指出，多聞苦著臉抱起手臂說「能問的人我都問過了」，仰望今天也晴朗得教人氣憤的天空。

「喂，小聞。」

這時，金髮的隼人拎著球棒叫多聞的名字。

「那不是榮仔嗎？」

朝球棒指示的方向望去，上次應蕭學姐之邀臨時參加的男子騎著相當破爛的自行車，正朝這裡過來。

「榮仔？」

「上次我問他要怎麼稱呼，他說『叫我榮仔就好』。」

隼人高舉球棒喊：「喂～！」

自行車上的榮仔露出靦腆的笑，點了一下頭，和兩天前一樣，把車停在松樹下。結果尾隨在他後方的兩台自行車也停下來了。

「榮仔」的打扮和前天一樣，白T配上顏色樸素、像工作服的長褲。很快地，另外兩台自行車的人也下了車。

真的有這麼巧的事嗎？我和多聞半信半疑，「榮仔」迎向我們的視線般小跑步靠近，向眾人頷首說「早安」。

「那個，我帶後輩過來了，如果隊伍有缺人的話——」

他伸手指示身後的兩人。

「我是遠藤。」

「我叫山下。」

被介紹是後輩的兩人耳上的頭髮都剃個精光，是非常乾淨的短髮，並朝氣十足地報上名字，低頭行禮。

現場湧出一片不成聲的歡呼。

豈止是缺人，他們的出現，簡直是絕處逢生、奇蹟的救世主登場，多聞茫然地看著三人，那雙眼睛看起來甚至都有點濕了。

「謝謝你們！謝謝你們！」

突然間，多聞抱住了榮仔。

榮仔體格看起來不壯，但是被多聞纏抱上去拍打背部，看得出原來他的身體和多聞差不多寬。和肉多的多聞不同，是骨架子壯碩吧。

榮仔說他沒有手套，多聞立刻從放防具的包包取出剛好三個的預備手套。

就這樣，千鈞一髮之際，湊足九個人了。

比賽開始前的十分鐘，我和蕭學姐以及救兵遠藤三個人傳接球。蕭學姐用她說花了兩千圓買的手套，意外靈巧地接球。她一邊投球，一邊毫不客氣地向遠藤提問：「你是大學生嗎？」「什麼系的？」「名字叫什麼？」「你很會打棒球嗎？」遠藤雖然有點招架不住，但還是說出他是同一所大學法學院的，二十一歲，和同行的山下一樣，都打過棒球。「榮仔說你們是他的後輩，是什麼的後輩？大學嗎？」對於這個問題，遠藤解釋三人的關係：他不是後輩，是山下在工廠打工，榮仔是山下的工廠前輩，然後榮仔有時候會透過山下邀遠藤一起打棒球，山下是遠藤的國中學弟。

「你居然願意這麼一大清早就來打球。」

傳接球結束，回到長椅途中，我對遠藤說道，他燦爛地露出一口白牙說：「很久沒打棒球了，手癢嘛。」他說他和山下都穿著和榮仔一樣的白襯衫配工作褲，是因為暑假期間，他靠著山下的門路，去榮仔任職的工廠打工。

九人重新圍成圓陣，多聞說明我隊是先攻。

「敵隊『太田隊』有我們學院的朋友，聽說投手參加過甲子園。是為了跟我們對打，太田教授特地向業餘聯盟找來的援軍。其他還有三個一樣是業餘聯盟的成員。」

他苦著臉望向敵隊。

「太田隊」主要應該也是研究室學生，所以可以輕易推測，對比賽的投入程度跟我們差不多，也理所當然會人數不足，不得不向外尋找援軍，但居然招攬業餘聯盟，而且還是參加過甲子園的高手，真是太幼稚了。太田教授可能也把這當成了系主任選舉的前哨戰，對勝利的執著非同小可。

哪幾個是敵隊的外來援軍，一望可知。

有四個人穿著以藍白為基調的同款球衣，戴著棒球帽，大馬金刀地坐在一壘那邊的長椅上。體格也和我這種瘦竹竿完全兩樣，結實魁梧，一看就知道臂力非凡。

彼此列隊行禮後，敵隊兩個穿球衣的人走向投手及捕手位置。臉曬得黝黑的投手轉動肩膀熱身後，以流暢的動作投出一球，接著再一球。動作舉重若輕，然而白球卻以明顯異於前兩場比賽的精準軌道，發出銳利的一聲「啪！」，被吸入捕手的手套裡。

多聞見狀，無聲地呻吟了一聲，宣布隊員的打擊順序和守備位置。

我是中外野手，八號，蕭學姐是右外野手，九號。

「感覺今天球會飛過來呢。」

蕭學姐一臉緊張，把手套像帽子一樣蓋在頭上。

也因為兩天前的第二戰成了投手戰，擊出去的球絕少飛到外野。蕭學姐臨時上陣防守的右外野，則是連一球都沒有飛過去。我也是，雖然從右外野移動到中外野，但也只撿了一次游擊手漏接的滾地球而已，根本沒守備到什麼。

戴上面罩的裁判宣告比賽開始。多聞說，每年好像都會請來有裁判資格的人來擔任裁判。

先發打者是金髮的隼人。他雙腳大開，放低腰臀，看上去運動神經極佳的動作節奏讓人信心十足。

投手投球。

揮棒落空。

第二球是壞球。第三球擦過球棒，擊出軟趴趴的界外球。

第四球豪邁地揮了個空，三振出局。

「那傢伙居然投指叉球！」

金髮的隼人苦笑地這麼說著折返回來，蕭學姐也不曉得理解多少，發出了一聲：「哎呀！」之前應該沒有半個人發現她是中國人吧，榮仔、遠藤和山下三人同時一臉驚奇地轉向她。

第一局上半，「三福隊」的攻擊是三上三下。

第三棒站上打擊區的多聞甚至被三球三振，難得怒形於色地罵了聲「可惡！」回來。

才剛開局，我隊已經有些落居下風，但我們的王牌投手扭轉了這樣的低迷氣氛。

隼人不甘落後甲子園經驗者，展現出精采的奮力投球。T恤加西裝褲的搭配和先前一樣，但這次新加上了紐約洋基隊的棒球帽，腳上的行頭也從皮鞋換成了運動鞋。可能是換上運動鞋，踩起來更扎實，球速和銳利度似乎都更上一層樓了。和捕手多聞的默契也天衣無縫，以快速的投球節奏讓對方打出滾地球，讓除了我和蕭學姐以外有棒球經驗的隊友堅實地防守，拿到出局。這樣的打法，讓我們在三局下半結束時的比數仍是０：０。局面維持著極為緊湊的賽況，一眨眼就過去了。

其實，我內心隱隱有著期待。

也就是擊出第一支安打。

先前的兩場比賽，我的打擊成績只有三振和四壞球，球棒碰到球的，就只有一次界外。這不是事無三不成，而是賽無三不成，我也差不多該擊出安打上壘了——

我懷著一絲幽微的希望，今早也在五點半起床，但遇上的對手實在太棘手了。

第一次打擊，輕易就被三球三振了。

我生平第一次體驗變化球攻擊。老實說，我連球都看不太到。看不到的東西根本無從打起。連時機對不對都糊裡糊塗，就算硬著頭皮揮棒，也只是空虛地打到空氣而已。接下來的蕭學姐也被三球三振，但她連一次都沒有揮棒。站著被三振以後，蕭學姐依然若無其事地繼續站在打擊區，被投手噓下去，她憤憤地說著「他笑我！瞧不起我！」回來了。

六局下半結束，賽況依然膠著，維持0：0。

我們遭到零封，是某程度已經預測到的事，但敵隊應該沒料到居然會陪我們一起掛蛋。我們的金髮王牌投手表現就是如此驚人。

來到最後的第七局，前所未見的緊張開始籠罩球場。穿著球衣的前甲子園投手，是那種每次拿到三振，就會誇張地大吼的類型。他的聲音似乎一點一滴地撩撥我們隊友的煩躁，這一局的頭號打者榮仔低聲喃喃：

「我不曉得什麼甲子園，可是他實在有夠吵的。」

接著走向了打擊區。

比賽開始前圍成圓陣時，蕭學姐問：「這麼一大早打棒球，不會影響工作嗎？」

榮仔笑咪咪地回答：「當成工作前的運動剛剛好。」

蕭學姐不客氣地追問：「是什麼工作？」榮仔說：「我在零件工廠上班」並清楚地擠出白Ｔ底下的魁梧肩胛骨和肌肉，像是要證明他的話。

然而儘管他架式十足，球棒卻輕易揮空，一眨眼就被逼到了兩好球的絕境。

「榮仔！冷靜點！好好看球！」

雖然很想跟著隼人一起幫忙打氣，但我實在想不到任何有用的話，這時旁邊傳來粗獷的吼聲：

「歐里空打咧！」

那道聲音尖銳地響徹整座球場，連聽到加油聲的榮仔都嚇到放下了球棒。

「歐里空打咧！」

蕭學姐舉拳朝天，更加拉大了嗓門吼叫。

聽到這來自北京、過度模仿大叔粗啞嗓音的加油聲，榮仔輕點了一下頭，重新架好球棒。

投手振臂高揮。

冷不防一記清脆的聲響。

白球高高地朝左外野方向飛去。

隨著一陣歡呼，眾人都衝到白線前面，伸長了脖子想要看清楚落地地點。球不斷地飛，越過左外野手頭頂。彷彿被歡呼推送一般，榮仔不停地奔跑。踩過一壘、衝過二壘，終於要超過三壘時——

「停！」

多聞大大地舉手制止。

榮仔捲起塵土緊急煞車，折回三壘板，同時穿球衣的左外野手一記漂亮的回球正送到游擊手手中。如果榮仔繼續朝本壘衝刺，絕對會被觸殺出局。

「完美擊中了打算三球解決的指叉球呢。」

多聞感動無比地喃喃道，接著用力拍手。

「打得好，榮仔！」

三壘上，榮仔靦腆地笑著，拍去小腿的沙土。

無人出局，三壘有人。

大好機會。

遠藤在一下子熱烈起來的隊友聲援下走向打擊區。

敵隊捕手跑向投手，而投手也沒有震驚的樣子，兩人氣定神閒地交談。

捕手離開後，投手朝著虛空大喝一聲：「哈！」

比賽繼續，投出第一球。

揮空。好球。

接著是一記壞球，然後又是好球。

馬上就窮途末路了。

就在這時——

「一、二、三。」

我聽到像是中文的小聲呢喃，轉頭看去，只見蕭學姐正專心致志地盯著投手看。她好像在計算投球的時機，投手在「一、二」舉手，「三」投出。球難得大大地偏飛，捕手連忙伸出手套接住。

「一、二、三。」

配合蕭學姐默唸的節奏，第五球投出，帶著強勁的呼嘯朝遠藤的懷裡飛去。可能是變化球，遠藤的腰拱到連我們看了都覺得誇張，裁判卻宣判：「好球！打者出局！」

遠藤承受著投手本日最響亮的吼叫聲，滿臉歉疚、愁眉苦臉地回來了。

就在這樣的節骨眼，居然輪到我出場了。

再下一棒是蕭學姐。照常理來看，除非我讓榮仔返回本壘，否則不可能再有得分的機會了吧。

我從遠藤手中接過球棒，哼了一聲振奮精神，多聞拍我的背打氣。

「朽木，英雄就是你了！」

「沒問題！」我點點頭，走向打擊區。

奇妙的是，先前我應該對棒球半丁點熱忱都沒有，卻在不知不覺間，明確地萌生出「想要打中」的渴望。與此呼應般，心臟開始跳動，上臂緊繃到不行，就彷彿不屬於自己。

「殺！」

但我還是發出全是氣音的打氣聲，架好球棒，銳利地瞪住投手。

結果。

三球三振。

可能是這場對戰太沒勁，對方投手的吼叫也比上一棒的遠藤小多了。我默默地覺得自尊心受傷，垂頭喪氣地回來，把球棒交給下一棒的蕭學姐。

「對不起。」我行禮說，蕭學姐重重地點頭，「交給我吧！」

咦？我忍不住忘了放開球棒，蕭學姐壓低了聲調喃喃說「一、二、三」，從我手中搶走了球棒。

這麼說來，我發現先前兩次打擊，蕭學姐一次都沒有揮棒，而是專注地盯著飛來的球的軌跡。

無人出局三壘有人的絕佳得分機會，一轉眼就變成了二人出局。

「沒關係。」

多聞把手搭到我的肩上，可能是認定我方攻擊已經結束了，開始準備穿戴防具。

蕭學姐有些笨拙地架好球棒，投手投出第一球。

球發出輕快的「啪」一聲，安頓在捕手的手套裡。好球。

蕭學姐依然一動不動。

她目不轉睛地盯著投手，口中喃喃自語著。一定是在重複「一、二、三」，想要看清球路吧。

第二球，好球。

對方投手即使對上女生，也毫不留情。但也許是因為蕭學姐的身高只有一百五十公分出頭，好球帶也縮小了，球速似乎也放慢了一些。

投手一定不會對蕭學姐使出指叉球。因為她今天連一次都沒有揮棒。與其使出變化球，弄巧成拙被判壞球，投手更應該會想要以直球早早解決她，好擺脫當前的危局——

我不曉得我這樣的分析是否中了。

第三球，蕭學姐第一次揮棒了。

看在旁人眼中，就像是隨手揮出去的棒子輕而易舉地擊中了球。也就是說，時機天衣無縫。

球隨著清脆的聲音反彈出去，穿過投手旁邊。投手以剛投完球的歪斜姿勢慌忙遞出手套，卻來不及。以前屈姿勢就守備位置的二壘手拚命追逐在地上彈跳了一下的球，球卻也溜過他的手套，劃出絕妙的曲線，一路滾到中外野去。

榮仔在滿場歡呼聲中回歸本壘了。

「蕭學姐！快回來！」

這時多聞大喊，我訝異地轉過去一看，只見以為應該會停在一壘的蕭學姐，正慢吞吞地跑向二壘。

已經從中外野手那裡接到球的二壘手一臉困惑地在壘上等待。這時蕭學姐宛如慢跑般跑了過來，在壘前被壘手觸碰。

「出局，換場！」

裁判的宣告聲清亮地響遍球場。

七局下，是敵隊最後一次進攻。

只要照這樣守住蕭學姐擊出的價值連城的適時安打帶來的寶貴的一分，我們隊就贏了。

我從中外野注視著投手的背影，每當他投出一球，我就祈禱一定要壓制對手。

敵隊的打擊順序從九號開始。

都說投手是孤獨的，但隼人每投出一球，守備內野的人就一定會有人喝采。這應該是一支急就章湊成的雜牌軍，現在卻已是團結一心。想到這一切都是烈女蕭學姐的一擊帶來的結果，棒球真的是神秘莫測。

一道有些笨拙的金屬聲響起，球浮飛起來。三壘手遠藤跑進界外區，輕鬆接殺。

遠藤在歡呼聲推送下，笑著把球丟回給投手。球場各處傳出打氣聲：「一出局！」我也無意識地加入其中。

敵隊打擊順序回到一號。穿球衣的選手走進打擊區了。接下來直到四號，連續四個都是業餘聯盟的選手，打線強勁。

多聞大大地展開雙手，高舉手套，就像在說儘管放馬過來。

第一球，冷不防就被對方擊中了。

投手被殺個措手不及，怔了一下，但隨即猛撲上去，空手抓住滾動的球，一邊倒地一邊朝一壘擲去。

然而球大大地偏離，遠遠地掠過一壘手伸出的手套前方，就這樣飛進草叢裡了。

裁判舉手暫停比賽。傳球失誤時好像有什麼規則，擊出短打的選手在敵隊渾厚的聲援聲中，悠然前進二壘。

多聞好像向裁判要求暫停，跑向隼人那裡，兩人討論了一陣，多聞很快就回到捕手位置了。多聞在沒有打者的狀態蹲了下來。隼人等他準備好，抬腳舉手，卻不知為何沒有投球，而是抓著球蹲了下去。

多聞再次站起來，跑向蹲下的隼人那裡。

「朽木！」

多聞叫我。他不只是叫我，也向內外野眾人大大地招手。蕭學姐沒注意到多聞的動作，一個人留在右外野，我出聲叫她，一起跟上聚集到隼人身邊集合的隊友們。

「隼人前輩的指甲斷了。」

我們一到，多聞便說明狀況。隼人雖然試著避開痛處投球，但好像痛到甚至沒辦法讓球離手。

「抱歉。」

隼人向眾人行禮，但先前他間隔一天連續投完整場比賽，尤其今天更是使出渾身解數，面對前甲子園投手，仍拚了個難分軒輊，沒有人能責怪他。而且他營生工具的西裝褲在邊倒地邊傳球到一壘時沾滿了泥土，髒得不忍卒睹。

「有沒有人想當投手？」

多聞問，卻沒有人舉手。研究室有棒球經驗的兩人，應該也沒有當過投手，突然要他們在如此關鍵的時刻上場投球，未免過於強人所難。他們逃避地躲開多聞的目光，無謂地把手套邊緣折來折去。

「遠藤，你不能投嗎？」

這時，蕭學姐突然指名提議說。

「咦？」遠藤一臉驚訝地看她。「不，我沒當過投手……」他慌忙搖頭，這時他旁邊的山下瞄了榮仔一眼。蕭學姐眼尖地捕捉到他的目光，伸出手套指著說：

「榮仔能投對吧？」

儘管唐突地被指名，榮仔卻以交抱著手臂的姿勢，以莫名木然的表情搖搖頭。

「我太久沒投了，不確定……」

「如果可以，能不能請你當投手？」多聞客氣地問。

「那……我可以提出一個要求嗎？」

榮仔手指抵著鼻頭，發出模糊的聲音。

「請說。」多聞正經八百地點點頭。

「我投球的時候，那個可以借我嗎？」

榮仔指著隼人戴在頭上的棒球帽。

「這個？噢，沒問題。」隼人立刻摘下鴨舌帽遞給榮仔。「謝謝。」榮仔接過帽子，細細端詳上頭的徽章，喃喃道「洋基隊真的好帥」，戴上帽子。

然而尺寸好像不合，套不進去。隼人一把摘下帽子，用指甲斷裂的食指以外的四根手指調整後面的扣帶，然後重新戴回榮仔頭上。

「被大家發現我是大頭了，真丟臉。」

榮仔揚起唇角一笑，用手套和右手調整這次完美安頓在頭上的帽子。米白色布料上熟悉的洋基隊隊徽來到正面，與他黝黑的臉龐看起來莫名相稱。

「拜託你了。」

多聞遞出沾滿泥巴的白球。

這時，我依稀聽見了一聲「哎呀」。我訝異地轉頭看旁邊，撞見了蕭學姐正茫然張口盯著榮仔的臉。怎麼了？我正想出聲，她驚覺回神，抿緊了嘴唇，拳頭奮力高舉。

「上場投球吧！贏得勝利吧！」

榮仔默默點頭，接下了球。

多聞向隊友宣布新的守備位置。無法投球的隼人改為一壘手，而我和蕭學姐移動到內野。這是因為萬一球飛到外野，我們沒有接到，有可能因為這樣而變成逆轉全壘打，所以讓有棒球經驗的人移師到外野。

「基本上都交給游擊手處理。如果球往正面飛來，不用接沒關係，讓球掉在前面就行了。」

多聞拍拍我的肩膀，拉下頭上的面罩。我心想「任球掉到眼前不接很難吧」，走向新的守備位置三壘。

榮仔踩住嵌在地面的投手板，確定了幾次投球姿勢。榮仔打擊是左打，但投球是右投。可能是肩膀狀況不理想，蹲在本壘板另一邊的多聞展開雙手打信號，榮仔便以和先前不同的揮手動作，用有些側投的投法擲出第一球。

以意外流暢的動作擲出的球，「啪」一聲被吸入多聞的手套位置。「控球漂亮！」多聞說，榮仔細長的眼睛開心地瞇了起來。

投球練習結束，打者進入打席。

如果擊出安打，二壘的跑者會衝到三壘。當然，守備三壘應該是我的責任。我有辦法應變那樣的狀況嗎？萬一球朝我飛來怎麼辦？理所當然，比起外野，這裡離打者的距離超級近耶——在緊張得全身僵硬的我注視下，榮仔擲出了第一球。

突然來了個大暴投。

球以多聞往旁邊飛撲也接不到的軌跡滾走，但因為緊鄰後方就是防護網，球撞到鐵絲網落下，多聞迅速撿起，確定二壘跑者的動靜。我也連忙站到三壘板，但跑者似乎也尚未準備好，沒有任何要衝向三壘的動作，多聞做出「冷靜」的手勢，把球投回給榮仔。

榮仔接下球，手捏了一下鴨舌帽帽簷，就像在說「瞭解」，吁了一口氣。可能是有沒有打者，投起來感覺不一樣，接下來榮仔的控球也十分不穩定，在兩好三壞的情況下，打者未揮棒，給了對方四壞球保送。

一出局，一二壘有人。

敵隊的打擊順序來到三號——把我們整得七葷八素的前甲子園投手，他在盛大的加油聲中進入了打擊區。

他強而有力地空揮了一下，發出比拿到三振更渾雄的吶喊：「殺！」彷彿這是唯一復仇的機會，好扳回被榮仔擊出三壘打之恨。

相對地，榮仔看起來鎮定得近乎奇妙。這是被一擊逆轉的大危機，他的眼角卻甚至隱隱浮現笑意，彷彿在享受這個狀況。

榮仔原地跳了一下，做了一次伸展動作。重新站好之後，挺胸左右張開兩手，轉動肩膀，接著用手捏了一下帽簷。這一連串動作異樣地有板有眼，看起來也像是極為熟悉投手這個角色。

榮仔瞥了瞥一二壘跑者，確定沒問題後，進入投球姿勢。

就三球。

前甲子園投手緊接著發出的吶喊，是不服輸的咆哮。榮仔可能是靠剛才的打者找回了手感，或是緊張解除了，接下來以判若兩人的流利節奏接連投球。球速看起來並不快，但也許是擅長讓打者錯失擊球時機，輕易就拿到了三振。

守備陣容同時發出歡呼，七嘴八舌強而有力地吆喝：「二出局！」我也小小地握拳加入其中。

多聞高舉食指，代表距離勝利的出局數「1」，向內野和外野比了比，接著以伸直一腳的姿勢蹲下來。

擔任捕手、身高超過一百八、充滿四號打者風範的男子在打擊區登場了。輕鬆駕馭業餘聯盟球衣的模樣，散發出強打者的氣場。

然而榮仔卻沒有緊張的樣子，投出了第一球。

隨著尖銳的打擊聲，球突然飛向了一壘。

我心裡一涼，不過是界外球。

第二球沒揮棒，壞球。

第三球，對方的球棒擊中了球，但又是飛往一壘的界外。

我正覺得打者並不是太慢揮棒，而是故意往右打時，敵隊休息區連續傳來吆喝聲：「抓到時機了！」「就是這樣、繼續保持！」「碰到就行了！女生那區很鬆散！」

我一時不解其意，但立刻就悟出來了：是蕭學姐。他們想要把球擊向她守備的二壘。證據就是，魁梧的四號打者看著與其說是「防守」，更應該說是「杵在那裡」的蕭學姐，空揮了兩、三次球棒後，進入打擊區。

用不著說，對我們隊伍而言，蕭學姐是守備上決定性的漏洞。只要球飛往她那裡，就絕對會變成安打，局勢或許會因此一口氣逆轉。可是，他們甚至不惜使出這種手段，也想得勝嗎？明明是業餘聯盟，居然想鑽大外行的防守漏洞，未免太卑鄙了吧……？

我忍不住想發聲叫多聞喊暫停時，視線被大大地轉動肩膀的榮仔給吸引過去了。

原本總有些泰然處之的神情從榮仔的側臉消失了。

可能是臉頰的肌肉繃緊了，黝黑的皮膚隱隱落下陰影，原本就細長的眼睛瞇得更細了。他以指頭轉動著放在右掌心的球，定定地盯著對手打者，接著一扭頭，看了站在他背後的蕭學姐一眼。

當然，榮仔也明白對手的策略……

蕭學姐彷彿作夢都沒想到自己成了擊球的目標，注意到榮仔在看她，不知為何豎起食指和小指，擺出資深選手會比的「兩出局」手勢，清亮地說：

「我們一定會贏！」

榮仔捏了一下帽簷，輕點了一下頭，臉轉回多聞那裡。臉頰一清二楚地浮現咬牙切齒的肌肉陰影。對方堪稱無恥的打法，或許讓他火冒三丈——榮仔的感受沁入心胸的瞬間，他伸出握著球的右手。

「直球，中央。」

我確實聽見他如此宣告。

隔著面罩，看不到多聞的表情，但打者驚訝地轉頭時，榮仔已經高舉手臂。

接著高高地抬腳。

不是之前的側投，而是上肩投法，隨著身體旋風般猛烈的旋轉，我清清楚楚地聽見他放下的腳踏在地上的聲音。

金屬碰撞般的聲音響起時，一切都結束了。

不是球棒擊中球的聲音。四號打者的球棒揮了個空，球從多聞的手套裡彈出，撞到護網上。

連裁判都彎起了身體躲球。所有的人都傻在原地，宛如時間停止般的寂靜籠罩了清晨的球場。

因為是三振之際掉球，因此出現了「不死三振」的情況。然而打者沒有跑向一壘，而是握著球棒怔在當場。

多聞抄起在鐵絲網反彈的球，原本衝向打者就要撲上去，但發現對方沒有要跑壘的意思，便扶上去似地慢慢碰了四號打者的手臂。

裁判宣布比賽結束，同時內外野爆出歡呼。

✦

女友——更正，前女友久違地傳了 LINE 給我。

她附上四萬十川的美景照，說她回高知老家了。「盂蘭盆節連假你在幹嘛？」她問。我說：「我在打棒球。」她又問：「在哪裡打？」

「御所裡面明治天皇出生的地點旁邊的球場。」

我簡潔地說明，她回「這麼熱，真有心」。如果回「凌晨六點開打，還沒那麼熱」，她當然會深入追問：「怎麼會這麼一大清早跑去打棒球？」但我懶得從頭說明。

「你沒有火。」

她宣告分手的理由，依然如楔子般插在我的胸口。

她單方面地告知從高知來京都觀光時只見過一次的她的母親的近況。男女關係不是說斷就斷，而是緩慢地日漸稀薄，再次回歸於無吧。這些LINE訊息就是通往這個結果的儀式。證據就是，她沒有露出任何容我再次提起分手話題的破綻，我也不知道該如何開口才好。我也覺得這些內容，是她自身歷經猶豫之後，最終得出的話語形態。她已經失去了過往對我的情感，而我也接受了這個事實。既然如此，我也覺得對她沒什麼好問的。

「打球加油！」

她傳了這段訊息，附上圓滾的卡通角色揮棒擊球的貼圖，我和她的對話結束了。

來到京都以後，我明白了一些事。

在交互體驗夏季要命的悶熱，以及冬季無情的凍寒的過程中，就像是刀匠把鐵塊燒得通紅，再浸入冷水一般，京都的年輕人身不由已地被淬鍊成奇妙的鋒利人形刀。

盂蘭盆節連假期間，年輕人們清晨六點就開始打棒球。而且是間隔一天，總共五場。這已經不是「狂熱」，完全就是「瘋狂」。然而說來說去，年輕人們終究是湊齊了九人，一板一眼地推進賽事。聽說我們比賽的同一時刻，其他四隊也在其他場地比賽，但還沒聽說有哪一隊因為人數不足而喪失資格。

如果不是在京都，玉秀盃應該不可能像這樣持續數十年之久。也因此儘管三場比賽當中，我的球棒一次也沒有敲出清脆的聲響，對守備的貢獻也只有第一場拿到一個出局，此外毫無用處，卻充滿了疲勞感。

我真實地感受著從萬里無雲的天空傾注而下的脫離常軌的熾烈豔陽逐漸把我的手臂烤焦，卻仍像這樣沿著今出川大道往西邊騎去，理由只有一個：烈女蕭學姐正在等我。

可能是熱過頭了，我腦袋發昏，即使騎過那天被女友宣告分手後避之唯恐不及的賀茂大橋的「現場」正上方，也在經過之後才後知後覺想起。感覺連蟬隻都陷入了抑鬱，河原町大道兩旁的行道樹不聞半點蟬鳴聲。我比約定的時間晚了一些進入和上次同一家的老字號義大利麵店「SECOND HOUSE」，蕭學姐已經坐在裡面了。

「我來晚了。」

我開口說，卻因為太渴了，聲音卡在喉嚨裡。冷氣大開的店內空氣讓我全身又活過來了，一口氣喝光端上桌的冷開水。我拿毛巾擦拭晚了幾拍從T恤內側滲透出來的汗水，這段期間，蕭學姐不發一語，就盯著手中的平板電腦螢幕。是在查東西嗎？桌上攤開來的筆記本中，寫滿了字跡傾斜的中文字。

「決定好要點什麼了嗎？要點什麼都可以。」

上次因為蕭學姐還點了蛋糕，所以稍微超過了預算，但這次多聞給了我兩千圓，我底氣十足。畢竟蕭學姐可是擊出了致勝的一球。扛起上場救援任務的榮仔當然也很了不起，但如果昨天的比賽要選出一名MVP，「三福隊」一定會力推蕭學姐。

即使過了一天，勝利的餘韻依然縈繞不去。我感慨著真沒料到自己居然會為棒球如此傾心，一邊說著「請」，遞出菜單，然而學姐的視線依然沒有從平板抬起。比賽時夾起的劉海，今天全部放下來蓋住了眼睛，可能是因為這樣，連表情都顯得有些陰沉。

「妳還好嗎？」

該不會是中暑了吧？我探頭觀察問，她忽然抬頭，沒頭沒腦地披露起知識來：

「指叉球是全世界最早被發明出來的變化球。有個棒球選手小時候旋轉貝殼扔著玩，以它為靈感，發明了指叉球這種變化球。」

「喔……」我一陣困惑。

她從我手中接過菜單，先發制人。

「我沒有中暑。」

蕭學姐和上次一樣點了「鮮菇蛤蜊義大利麵」，我點了冰咖啡。

「上次我說過，我正在學習棒球。」

蕭學姐含了口冷開水，手指插進劉海間撥開，像鬼太郎[15]那樣只露出一隻眼睛。

「進入暑假以後，我開始調查棒球的歷史。」

「哦，所以才會調查指叉球的資料……」

「美國的第一支職棒球隊誕生於一八六九年。是明治維新的隔年。第一支成立的隊伍是辛辛那提紅長襪隊。日本的第一支職棒球隊誕生於一九三四年。第一支隊伍是大日本東京棒球俱樂部。」

蕭學姐似乎已經把各種資訊都記在腦海了，她沒有看筆記本或平板，一氣呵成地說出落落長的隊伍名。我以為她會就這樣順勢解說起日本職棒的歷史，沒想到她一反前態，沉默下去。

「學姐……？怎麼了嗎？」

果然是中暑了嗎？總覺得臉色也比平常差了些。

蕭學姐把目光移回手上的平板，以指尖觸碰螢幕，滑動了一陣，忽然抬

15 鬼太郎是漫畫家水木茂創造的漫畫角色，造型為頭髮劉海遮眼，只露出一眼的男孩。

頭，以莫名鄭重的口吻說：

「朽木，我有個問題。」

我自然而然正襟危坐，點點頭說「好」，她把平板推到我的面前。

「就是這個人。」

桌面的平板上，整個螢幕被一張黑白照占據了。照片是一名穿著款式古老的白色球衣的男子。應該是正在傳接球吧。身體彎成く字形，看起來隨時都會拋出手中的球。

「這個人是誰？」

「日本第一支職棒球隊的創始成員之一。」

「是喔？」我呆呆地應聲，蕭學姐伸出食指，在我面前觸碰螢幕，陸續滑動多張照片。好像都是同一個人，如果是萌芽時期的職棒成員的話，依她剛才的說法，已經是近九十年前的事了，因此照片畫質粗糙模糊。

「你知道澤村榮治獎嗎？」

「聽說過……是給投手的獎項是嗎？」

「你果然知道。」蕭學姐有些驚訝地睜圓了眼睛。「那個獎很有名嗎？」

「我爸喜歡棒球，我讀小學的時候，常跟他一起看電視棒球賽轉播，所以印象中有聽過。好像是跟當年度的ＭＶＰ什麼的一起公布。」

「澤村榮治獎頒發給當年度職棒裡表現最優秀的完投型先發——我應該沒說錯吧？——投手，你看到的這個人就是澤村榮治。」

「這個人就是澤村榮治？」

「對。」蕭學姐點點頭，把平板從我前面拉回去。

「朽木，你覺得呢？」

「咦？」

「這就是我的問題。看到剛才的照片，你有什麼想法？」

就算問我有什麼想法，不管是當時的球衣設計，還是投球時的姿勢，看起來都很土，或者說懷舊感十足，看上去甚至就像是與現在的棒球不同的另一種運動。不過這也許是黑白照特有的濾鏡效果，會讓一切變得很有時代感。

「這麼說來，澤村榮治給人速球派的印象呢。都被拿去當成最優秀投手的獎項名稱了嘛。可是剛才照片裡的人，姿勢看起來球速不快耶。不過都是以前的事了，跟現在的棒球，水準一定天差地遠……」

我把請服務生補上的冷開水喝光，想到什麼說什麼，蕭學姐沉默地聽著。

「那這張呢？」

她再次把平板推過來。

螢幕上是一名男子的照片。不過這次似乎是彩色照，我正想看個仔細，把水杯挪到旁邊，探出身體，結果蕭學姐拿起平板，用力伸到我的眼前。

我等於是面對面地凝視著螢幕上的那張大臉。

「你覺得怎麼樣？」

蕭學姐沉聲問道。

那張臉我認得。然而我卻無法立刻回答，因為我從那獨特的粗糙畫質，看出那是人工著色後的黑白照，同時也發現影中人和前面好幾張照片裡的人是同一個人。

「這是誰？」

平板另一側，蕭學姐尖銳得令人害怕的獨眼目光死盯著我看，就像不放過我任何一絲表情變化。

「這是……榮仔……吧？」

我整個人陷入混亂，卻也只能如此回答。上面那張臉不管怎麼看，都是昨天也一起在御所G打棒球的那名隊友。

「不對。」蕭學姐搖頭。「這是澤村榮治。」

「不，這怎麼看都是榮仔吧？」

「如果你見過這個人，表示你見到了澤村榮治。」

「妳、妳在說什麼啊？而且澤村榮治的話，他早就——」

蕭學姐盯著只能語塞的我，說了聲「沒錯」，靜靜地將平板放回桌上。

「澤村榮治早就過世了。他在一九四四年，在前往菲律賓的途中，遭到美軍攻擊而戰死了。」

蕭學姐吃著熱氣蒸騰的「鮮菇蛤蜊義大利麵」，斷斷續續地說了起來。

契機是昨天比賽換投手的時候，榮仔戴上向隼人借來的洋基隊棒球帽。

蕭學姐覺得就在最近，她看過好幾次這張白色棒球帽底下的側臉。不知為何，黑白照在腦中頻頻閃現。在調查日本的職棒歷史之際，不斷地出現的「澤村榮治」這個名字。許多畫質粗糙、古老的資料照片……蕭學姐那顆連研討班教授都青睞有加的優秀腦袋裡，開始將約九十年前的照片與眼前的臉龐相互比對。

我在一旁目擊了應該是結果比對出爐的瞬間——就是那聲沙啞的「哎呀」。蕭學姐嘴巴半張，眼睛緊盯著榮仔的側臉不放。我記得她那不尋常的反應。

不過她並沒有繼續追究腦袋蹦出來的「眼前有個和澤村榮治長得一模一樣的人」這個結論。這也是當然的。她立刻將它從腦中甩開，專注於比賽，全心為一肩扛起危局的投手加油，當隊伍漂亮地贏得勝利時，她開心得都跳起來了。

但回到租屋處後，一度甩到腦後的結論又漸漸回來，而且還愈來愈強烈。根本用不著深究，應該把它當成剛好相似，只是碰巧而已，就此結案。然而蕭學姐打開了平板電腦，再次搜尋澤村榮治的照片，愈看愈覺得兩人不只是

「相似」，根本就是同一個人。

決定性的關鍵，是以現在的技術將黑白照著色成彩色照的照片。看到澤村榮治沒戴棒球帽，也沒穿球衣的平時照片時，蕭學姐忍不住屏住了呼吸。因耳上的頭髮剃光而顯得特別醒目的尖形耳朵、沿著修長的單眼皮眼睛飛揚的濃眉、總是溫柔靦腆的表情——配上一身白襯衫重現的彩照身影，就是忽然出現在御所Ｇ、與大家一同打棒球的榮仔。沒錯，就是冷不防亮到我面前的平板上的那張照片。

「朽木，你本來就知道澤村榮治這個人嗎？」

我老實說，我只知道他是棒球界的偉人。

「澤村榮治出生在一九一七年。他從小學開始打棒球，因為在甲子園的表現受到矚目，年僅十七歲就被拔擢成為大日本東京棒球俱樂部的十九名創始成員之一。後來隊伍改名為東京巨人隊，澤村榮治以王牌投手的身分表現活躍。

十九歲的時候，他達成日本職棒史上第一次無安打比賽。二十歲時，他被選為日本職棒第一位MVP。然而在將滿二十一歲的前夕，他第一次被徵兵了。經過兩年多的軍旅生涯後，他在二十三歲回歸職棒，在該季達成個人第三度的無安打比賽。二十四歲時，他第二次被徵兵。他在二十五歲回國，半年後的比賽，是他最後一次站上投手丘。他在第三次徵兵中，乘上前往菲律賓的運輸船，卻在一九四四年十二月二日被魚雷擊中，船隻沉沒。得年二十七歲。」

我咬著冰咖啡的吸管，默默地聆聽學姐的話。澤村榮治是死於戰爭這件事，我依稀有印象，卻怎麼也沒想到他的一生竟如此在棒球與戰爭之間交替，並深深地反映了黑暗的時局。

「紐約洋基隊。」

蕭學姐吃完「鮮菇蛤蜊義大利麵」，低聲喃喃道。

「澤村榮治在十七歲時被選為日本代表，與來到日本的大聯盟明星隊比賽，和當時隸屬於紐約洋基隊的貝比．魯斯對決。那場比賽，日本以1：0落敗，但澤村榮治一個人投完全場，以大聯盟為對手，拿下了九個三振，也三振了貝比．魯斯。看到他的投球表現，美國隊的總教練還想要挖角他去大聯盟。」

「好厲害。」我發自真心地說。「是的，很厲害。」雖然很含蓄，但蕭學姐也露出了今天第一個笑容。

忽地，我想到昨天的比賽中，榮仔從隼人手中接過洋基隊的帽子時，瞇起眼睛說「洋基隊真的好帥」的側臉。

「澤村榮治的表現在美國也上了報，他們給他取了個綽號叫『School Boy』。」

「澤村榮治……他在日本的綽號叫什麼？」我問。

蕭學姐翻開桌上的筆記本，馬上就找到了答案。

「隊友好像都叫他澤桑。」

「知道澤村榮治的身高嗎？」

「徵兵的體檢紀錄是五尺七寸四分。也就是……一百七十四公分左右呢。」

比我高一點，比多聞矮一點——我回憶榮仔的個子。或許這個數字完全吻合。

「我可以……再問個問題嗎？」

「請說。」蕭學姐翻著筆記本點點頭。

「澤村榮治以前擔任王牌投手的東京巨人軍，也就是讀賣巨人——簡而言之就是現在的巨人隊對吧？」

「是的。為了紀念他的活躍，巨人隊讓澤村榮治的背號14號永久退休。這是日本職棒界第一個永久退休背號。」

「他跟京都有關係嗎？比方說，和京都有什麼淵源……」

蕭學姐可能不理解我這個問題的用意，抬頭之後微微歪起了頭。

「巨人的主場在東京。學姐或許不知道，但是京都人滿討厭巨人隊的。雖然沒以前那麼嚴重，但現在還是有很多巨人黑粉。所以假設喔——雖然不可能啦——假設巨人的超級王牌投手澤村榮治有機會再次打棒球，也應該是去東京，不會跑來京都吧，我覺得啦。不好意思，問了怪問題。」

我想要笑笑帶過，然而蕭學姐卻打斷我，乾脆地點點頭說「有的」。

「咦？」

「澤村榮治是三重縣的宇治山田出生的。小學的時候他就嶄露投手的天分，小學畢業後進了京都的學校。就讀京都的學校期間，他參加過三次甲子園。最後一次被徵兵時，他被編入京都的伏見聯隊。如何？也算是和京都有淵源吧？」

就讀京都的學校時，參加過三次甲子園，並且在十七歲時入選日本代表隊，三振了貝比．魯斯的話，當時在京都應該被當成了英雄。從來不曉得的「澤村榮治與京都」忽然在腦海中湧現、擴散，我困惑不已。

「那……蕭學姐是哪一邊？」

我把到手的球硬塞回去似地丟還給對方。

「哪一邊是什麼意思？這說法太模糊了，我不懂你這話的意思。」

她朝我射來銳利的視線，儼然重現在研討班上看過好幾次的、針對發言者不正確的說法毫不留情地指出缺失的場面。

「呃，也就是……他們兩人只是單純地相似，或不是相似，而是真的……」

我無法把話說完，撤回前言說「不，沒事」，但蕭學姐默默地注視了我一陣，突然站了起來。

「我可以點甜點嗎？」

「當然可以。」我有些被震懾地點點頭，她快步走向門口附近的蛋糕櫃了。

吁……我吐出憋住的氣，含住已半滴不剩的冰咖啡吸管。汗水老早就收乾了。不僅如此，可能是冷氣太強，我都覺得寒冷了。我摩挲著手臂思忖，明明是蕭學姐自己提出的，把人唬得一愣一愣，她自己卻完全避談最關鍵的部分，到底是為什麼……？我摸不出對方的用意，望向留在桌上的平板電腦。

螢幕上映出戴著棒球帽、一身帥氣球衣模樣的澤村榮治，彷彿被遺棄在那裡。穿著布料可能不同於現代的皺巴巴球衣，舉出振臂投球姿勢的黑白照人物——千真萬確，就是榮仔。

但不管怎麼想都不可能。

遇到超越時代、長得一模一樣的人了。應該完全就只是這樣罷了，然而面對蕭學姐時說不出口的話話後續，開始在內心任意發聲。

難道真的……榮仔就是澤村榮治本人，我們和澤村榮治一起打球了嗎？

若是如此，他就是三次打進甲子園、年僅十七歲就與貝比．魯斯對決，並拿下三振的王牌投手。看到因為曾是甲子園投手就沾沾自喜的對手，他肯定覺得不知天高地厚。也會覺得為了得分，而想鑽蕭學姐防守漏洞的那群人，根本不配當個棒球人……

妳記得昨天的比賽，榮仔投出去的最後一球嗎？

對方四號選手揮棒落空，多聞接不住球，而我連球都沒看見。

那個時候，我們是目擊了澤村榮治全力的一球嗎？

中暑的或許不是蕭學姐而是我。

我睜著兩眼，正沉浸在宛如作夢的情緒裡，回座的蕭學姐出聲：

「你還好嗎？」

我全身猛地一顫。

「我、我沒事。」

為了掩飾，我問她點了什麼。

「紅蘿蔔蛋糕。」

蕭學姐的表情依然僵硬，但似乎完全不影響食欲。

「那個，說到榮仔……」

「是。」蕭學姐點點頭。

「解散的時候，多聞大力邀約，所以明天的比賽，他們三個一定還會來幫忙。所以妳明天偷偷問一下山下如何？他們好像跟榮仔在同一家工廠打工，或許他可以告訴妳榮仔的社群媒體帳號。他的名字叫『榮倉』，所以才會叫榮仔也說不定。對了，應該問一下遠藤的聯絡方式的。他好像是法學院的，而且以後可能也會在大學遇到……」

不知為何，不停脫口而出的話，方向與蕭學姐回來之前想到的內容完全相反。遠藤說他二十一歲，所以跟我一樣是大四生嗎？已經找到工作了嗎？

或者他是法學院，所以打算當律師？他看起來就是個認真優秀的好青年，而且還會在暑假清晨就去工廠打工，毅力過人，當然早就拿到大公司的內定了吧，感覺就像是腳踏實地、放眼未來的人——我兀自沉浸在酸葡萄心理。

「法學院沒有遠藤這個學生。」

低沉的聲音溜進耳中。

「什麼？」

「我們大學沒有遠藤這個人。」

我疑惑著蕭學姐說的話，結果她閉上了眼睛，就像要遮斷我的視線。她身體不舒服嗎？我正想出聲關心，又把話吞了回去。為什麼呢？我忽然浮現一股預感。踏進這家店以後，蕭學姐的行動就像在把我引到某個方向，然而我朝那裡踏出一步，她便溜也似地消失無蹤。我覺得她即將為這個不可解的行動劃下句點了。

店內播放的爵士樂都換成下一首曲子了，蕭學姐卻依然閉著眼睛。結果她一直沉默，直到店員說著「讓您久等了」，端來紅蘿蔔蛋糕和熱咖啡。

吃紅蘿蔔蛋糕時，她當然睜開了眼睛，細細品味。她在咖啡裡倒入奶精，謹慎地把杯緣湊近嘴唇。她今天不像兩天前是點冰咖啡，而是點熱咖啡，也許是蕭學姐也和我一樣感到寒冷。

「朽木。」

蕭學姐放下咖啡杯，下定決心似地叫了我的名字。

「你記得遠藤的名字叫什麼嗎？」

昨天比賽前的傳接球時間，蕭學姐連珠炮似的提問當中好像也包括了這個問題，但我想不起來了。

「遠藤的名字叫『MIYOJI』。」學姐說。

「對……因為是很少聽到的名字，所以我覺得滿難得一見的。」

「我當時沒聽懂，還以為是『姓氏[16]』，覺得很怪，比賽後問他字怎麼寫，他在地上寫出來給我看。」

蕭學姐拿起筆記本，把打開的那一頁遞到我前面。填滿了密密麻麻簡體中文字的一隅，「遠藤三四二」這個名字用圓圈框了起來。

「原來如此，三四二，讀做 MIYOJI 啊……好古雅的名字喔。不，古雅過了頭，反而很前衛嗎？」

我隨口說出感想，蕭學姐卻毫無反應，就只是盯著筆記本上的名字看，讓人都擔心起她怎麼了？

「可是，學姐說他不是我們大學的，這是什麼意思？遠藤對我們撒了謊嗎？一早六點就撒謊騙人？為了什麼？」

16 此處的「姓氏」，日文漢字為「名字」，即「姓氏」之意，發音為 MYOJI。

聽到我的問題，蕭學姐總算抬起頭來。

「遠藤不是我們大學的在籍生。正確地說，他是曾經在籍。」

「曾經在籍？意思是他已經退學了嗎？還是已經畢業了？不，他才二十一歲，不可能這麼快就畢業。」

「他沒有退學，也沒有從大學畢業。」

入學後，沒有退學也沒有畢業，卻也不是在籍生。大學有容許這種腦筋急轉彎狀態的制度嗎？話說回來，我們昨天才認識，蕭學姐怎麼能如此深入地掌握對方的身家？

「學姐本來就認識遠藤嗎？」

「不。」蕭學姐搖搖頭，把壓在筆記本底下的平板電腦拉出來。她滑動手指操作片刻，把平板推向我說：

「你看。這是以前遠藤在籍法學院的紀錄。」

那是名簿嗎？白底的畫面中，以小字書寫的名字橫向一字排開來。

「這裡。」

蕭學姐指的地方，確實以直書寫著「遠藤三四二」這個名字。畫了線的下欄應該是所屬學院，寫著「法．政治學」。法學院有這樣的分類嗎？我覺得納悶，繼續往下看，看見「在學中」三個字。

「什麼啊，明明在學啊。」

「再下面一欄。」

蕭學姐到底是在說什麼？我錯愕地正要抬頭，被她莫名緊張的聲音制止了。

我就像被看不見的手按住了頭，視線回到螢幕上。「在學中」的下欄突然冒出古老的日期：

「一九四四年　四月一二日」

左右也都是類似的日期，像是「一九四五年　六月二七日」、「一九四四年一一月一五日」。這到底是什麼紀錄？我更加一頭霧水了。接著我發現下欄有個陌生的詞彙「北支」。

「北支？」

「現在的華北地區。北京市也包括在這裡面。」

遠藤怎麼會跟這種地方有關？我正想反問，看見「北支」右鄰是「呂宋島」，左鄰是「婆羅洲」。記得呂宋島好像是菲律賓，婆羅洲是印尼和馬來西亞共有的島？

「這是什麼名簿？我完全不懂這跟遠藤有——」

我話還沒說完，蕭學姐已經伸手觸碰平板。她滑動畫面，將頁面捲動到名單最前面的位置。

畫面正中央出現一行文字：

「一九四三（昭和一八）年一〇月入學」

一九四三年入學？旁邊記載著名簿各項目的說明。「姓名」、「學系」、「畢業年月」，看到下一欄，我的目光定住了。

「戰死年月日」

更底下的一欄是「戰死地」。

不知不覺間，我的手指不由自主地捲動著畫面。名簿上的日期，幾乎都是一九四四年和一九四五年——不用說，是終戰那一年。也有少許的一九四六年。地點則有硫磺島、緬甸、特魯克島、蘇門答臘、沖繩、西伯利亞、菲律賓、紐幾內亞、蘇滿國境、廣島——除了地名以外，還有許多的「不詳」。

我再一次拉回到「遠藤三四二」的地方。

一再反覆重讀有關於他，僅僅一行的資訊。

上面記載著一名一九四三年入學的法學院學生，短短半年後就死在北支的事實。

「這、這……是什麼？」

喉嚨整個乾掉了，皮膚卻感覺寒冷無比。

「這是第二次世界大戰期間，我們大學被徵兵、戰死的學生資料。」

「難道學姐想說遠藤其實是死人？他去了中國，然後戰死……」

說出口後，我赫然驚覺。對蕭學姐來說，這份名簿上的「遠藤三四二」是攻打他們國家的人。我對這份名簿上的學生們無條件地湧出的情感，她完全沒有義務去同理。

我忍不住沉默，觀察她的表情，但她維持著進店以後的緊繃氛圍，端起咖啡杯，卻沒有喝，直盯著杯裡看。

我難以捉摸她的心思，正不知該如何接話，這時蕭學姐第一次說出了自己的結論：

「不只是遠藤而已。我猜他們三個都是。」

我不禁倒抽了一口氣，注視著學姐分邊的劉海底下射出異樣強烈光芒的眼睛。她說的三人不用說，就是遠藤、榮仔，還有山下吧。

「三個都是……怎樣？」

在我重複蕭學姐剛才那句「這說法太模糊了，我不懂你這話的意思」之前，她帶著不容反駁的沉靜壓力，亮出質問的利刃。

「你覺得呢？」

我將目光移到木紋起伏、年歲已久的餐桌表面，像在逃避刀鋒。我依序回想遠藤、榮仔和山下的臉。想像是自由的，但一旦冷靜下來，其實也沒什麼好想的。因為我和他們一起打了棒球。這真實的感受就是一切。

「我……我覺得不是。」

我瞪著描繪出輪廓的木紋中央宛如焦痕的漆黑中心。

「只是同名而已，沒有發生學姐猜想的那種事，而且根本不可能有那種事。」

明明只是說出天經地義的事，為何胸口會這麼難受？我納悶著，繼續說下去：

「明天問清楚就行了。一定會覺得認真想這種事的自己太好笑——」

「他們三個應該都不會來了。」

「咦？」

怎麼會？——我尖銳地問，同時抬頭。

「我有個妹妹。我跟我妹相差了十四歲。這件事發生在我高三的時候。我妹很喜歡龍貓，吉卜力電影的《龍貓》，你知道吧？」

對於話題再次大跳躍的她，我只能默默點頭。

「有一天，我妹跑來我房間說，她的房間睡著一隻大龍貓，叫我去看。起初我以為妹妹在開玩笑，但她不是那種想像力豐富的孩子，平常完全不會說任何幻想情節，所以我覺得很奇妙，向她再三確認。妹妹堅持說，當時她跟爸爸媽媽一起睡覺的房間裡真的有龍貓，現在龍貓也睡在床上。我說，那我們一起去看吧，從椅子上站起來。妹妹說著『快點來』，興奮地往臥室走去，我看著她的背影，心想『我見不到龍貓』。因為這種神秘的事，一旦告訴別人，就會消失不見了。就像莊周夢蝶那樣，神秘的事只會出現在作夢的人面前。若是帶了外人進來，先前相通的道路就會立刻封閉起來。不知道為什麼，我從小就知道這件事。也許是因為雖然不記得，但我有過類似的經驗吧。所以即使我妹妹真的見到了龍貓，我也見不到。我相信一定會有什麼阻礙我們。」

蕭學姐說到這裡打住，喝了口咖啡，把一低頭就垂下來的劉海用手梳到旁邊去。

「真的……有龍貓嗎？」

她靜靜地搖頭。

「我家走廊轉角處擺了張桌子。當時還小的我妹一頭撞上了那張桌子的桌角。那張桌子從我妹出生前就在那裡了，她從來沒有撞到過。明明在那張桌子旁邊來來去去了上百回，卻因為一股腦地往臥室衝，一時沒注意。我目睹妹妹撞出可怕的聲響，在眼前摔倒，心想『原來路是這樣關上的啊』。我妹哭得很慘。她哭了超過十分鐘，好不容易終於不哭了，我們一起進了臥室。當然，龍貓早就不見了。」

蕭學姐把手伸到平板邊緣。應該是按了開關吧，螢幕上的「遠藤三四二」的文字無聲無息地消失，被吞入一片黑色。

「今天我在這裡把這件事告訴你了，所以他們應該再也不會出現了。對不起。可是，我實在沒辦法憋在心裡。」

第四場球賽的早晨，我第一次不用多聞的 Morning Call 就醒來了。其實我還想再睡一下，但清晨五點多就自己醒了。

滿懷緊張地前往御所 G，多聞一個人站在防護網旁邊，一邊哼歌，一邊揮棒。

「嗨。」

他高舉球棒的表情，實在是滿面春風。

這也難怪。「三福隊」目前三戰三勝，在玉秀盃領先。聽說三福教授接到我們打倒宿敵太田教授隊伍的消息，立刻傳了表揚勝利的訊息給他：「多聞同學，幹得好！」

也許是通往畢業的坦途開闊，精神充實，今天多聞的氣色特別好。先前酒意未退時那種褪成了土黃色的黝黑臉龐，配上斑駁泛紅的頹廢對比，現在都消失無蹤了。我看著他那張臉，他似乎注意到我的視線，輕拍自己的臉頰，露出一口白牙說：

「酒精都退了，今天身體特別靈活。」

多聞夜間打工的職場包括旗下酒店，從昨天開始放盂蘭盆節連假，所以他終於可以不必喝酒的樣子。

「如果榮仔今天也可以投球，我也要認真了。要是喝了酒，實在接不住他的球。」

他是在說前天比賽榮仔投出的最後一球吧。多聞在揮棒練習期間，也不時東張西望，但三人都還沒到。

這時蕭學姐登場了。

「謝謝學姐過來。學姐真的幫了我們大忙。」多聞鄭重地行禮道謝，蕭學姐一如往常地招呼：「早安。」我倆視線一交會，便在默默之中察覺彼此內心都懷抱著相同的緊張。

今天蕭學姐戴著帽簷和側面是藍色的鴨舌帽。

「那是什麼帽？」

我問，蕭學姐指向帽子正面。像LOGO的圖案底下，是「全國高中驛傳」幾個字。

「我打工的地方的高中生，去年在比賽當義工領到的。她拿到店裡，說自己用不上，經理硬要我戴，就這樣被我帶回家了。沒想到會拿來打棒球。」

仔細一看，LOGO是以束起的布帶「襷[17]」為概念的設計。說到襷，就是驛傳。多聞問蕭學姐在哪裡打工，學姐說在三條木屋町一家叫「貝羅貝羅吧」的居酒屋。

「好！等我們拿下玉秀盃的冠軍，就去那裡開慶功宴！」

17 「襷」即驛傳接力賽時，選手斜掛在身上用來接力的布帶。也是穿和服時用來紮起衣袖，方便工作的帶子。

聽到多聞那無限樂觀的宣言，我和蕭學姐再次對望。

他們三個或許不會出現了——

不知不覺間，我再也無法否定蕭學姐的預言。

沒多久，多聞的兩個研究室學弟頂著睏倦的臉出現，接著隼人也騎著自行車，一路騎到防護網正後方來。他應該也是因為店裡公休，今天不是平時的西裝扮相，而是T恤配短褲，配上洋基隊的棒球帽，看上去很新鮮。

和兩天前的比賽一樣，除了榮仔等三人以外，六人都到了。多聞說，這是他今天能成功邀到的最大人數了。我問第一場比賽來的那些人呢？多聞受不了地說因為遇到盂蘭盆節連假，大家都離開京都了。這表示比賽要成立，榮仔三人的參加是不可或缺的。

一壘那邊的敵隊成員已經開始傳接球了。防護網上的分數板早早就填好了先攻「香聯」、後攻「三福」。

「香木店聯盟，簡稱『香聯』。」

我正杵在那裡盯著不曉得該怎麼發音的敵隊隊名，多聞告訴我答案。

「香木店？」

「隊伍代表是一家叫蘭奢堂的店家社長。那家香舖好像很有名喔。你聽過嗎？」

對一個獨居的窮酸男大學生來說，還有什麼比香距離更遙遠的事物呢？

我搖搖頭說聽都沒聽過，隼人加入話題，說他們店的女廁都會薰蘭奢堂的香，很能營造出高級感，客人評價都很好。真是意外的使用方式。

多聞關心隼人的指甲狀況。「整個裂掉了，今天我也當一壘手。」隼人出示上了貼布的食指說，主動要求退下投手板。這麼一來，榮仔等人的抵達更教人望眼欲穿了。多聞的腳邊，防具袋上已經擺好三個手套，準備萬全得幾乎令人落淚。因為我們隊後攻，多聞已經開始穿戴防具，但他每做完一個動作，就前後左右東張西望，整個人心神不寧。然而三人依然不見蹤影，多聞的表情也漸漸變得焦灼起來。

「有人知道榮仔的聯絡方式嗎？」

「他說他沒有手機。」

已經凌晨六點多了。來到第四戰，難道終於要因為人數不足而棄權嗎？不過這也算是注定的結果吧。這麼走一步算一步地經營隊伍，光是能夠三連勝，就應該心滿意足了。我們成功擊敗了招兵買馬有備而來的死對頭教授的隊伍，你老大應該也會肯定你的努力——

我懷著把毛巾丟到無法繼續比賽的拳擊手腳邊的助手心情，正準備把手搭到多聞戴上防具的肩上時——

「噢！榮仔！」

那隻手突然抬了起來，我的手空虛地划過半空中。

咦？我循著多聞的視線轉頭看去，一如先前，三台自行車正悠哉地抵達松樹下並排的長椅處。

「不好意思來晚了。」

榮仔把自行車停到長椅邊，帶著靦腆的笑容小跑步過來。遠藤和山下理所當然地跟了上來。

我忍不住和蕭學姐對望。

「哎呀。」

學姐微張的口中發出沙啞的聲音。

多聞把手套遞給三人，立刻開始十分鐘的傳接球。遠藤直接跟榮仔配一組了，因此我決定邀山下傳接球。一方面也是打算要從幾乎還沒說過話的山下那裡打聽出榮仔的背景，洗刷他們蒙上的天大疑雲。

但傳接球彼此間有段距離，對山下說的話，周圍也聽得一清二楚，沒辦法太露骨地針對榮仔進行身家調查。因此我決定在球來去的期間，打探山下的日常。

就像遠藤之前告訴我們的，山下是他的國中學弟，他才十九歲而已。山下說，他和遠藤從小學到國中都一起打棒球。其實山下是個驚為天人的美男子，如果頭髮再留長一點，配上那身修長的體格和白皙的膚質，絕對會是個連偶像男星都自嘆不如的花美男，但當事人卻頂著一顆高中棒球隊的大平頭。我問他一個人住嗎？他說他住家裡，從家裡去工廠上班。好像沒有讀大學。

和山下閒話家常的期間，我也沒忘了以眼角餘光觀察悠哉傳接球的榮仔和遠藤。榮仔的穿著是平時的白T配淡綠色長褲。不知道是不是工廠的工作服，山下和遠藤也是一樣的穿著，腳上也是同款的像工作鞋的黑鞋子。前天的比賽中，榮仔只有最後一球是上肩投法，其餘都是偏側投的姿勢，今天也是以偏側投的投法開始的樣子。

而這也是澤村榮治的投法。

不同於蕭學姐讓我看的二十歲前後的照片模樣，澤村榮治在職棒生涯的後半，變成了側投投手。世人對他的印象多是全盛時期讓大聯盟窮於應付的速球派，但其實他在職棒生涯中，這樣的球風只維持了短短兩年的時間。經過第一次徵兵的空白時期後，他便改成了側投。

昨天和蕭學姐道別回到租屋處後，我把所有的時間都拿來調查澤村榮治。我看遍了各種資料，連自己都說不清究竟是想要找到和榮仔的相似點還是相異點。

榮仔和澤村榮治的共通點，是兩人都是側投、是右投左打、說話有相當濃重的關西腔、在工廠上班（被巨人軍開除後，直到第三次徵兵加入伏見聯隊前，澤村榮治都在飛機工廠工作）。身高幾乎一樣。最重要的是，榮仔的五官完全就是澤村榮治，遠遠超出了相似的程度。

兩人的相異點，則是澤村榮治早就過世了。

「你是澤村榮治嗎？」

或許我應該立刻中斷和山下傳接球，走到榮仔面前，單刀直入地這麼問。當然，我沒這個膽。我對山下問著雞零狗碎的問題，你叫什麼名字？你有喜歡的偶像嗎？熱身的十分鐘一眨眼就過去了。

傳接球之後，三福隊圍成一個圈。多聞向榮仔請求「隼人前輩的指甲傷還沒有痊癒，所以今天也請你當投手吧」，卻直接被拒絕了。榮仔說，前天的救援登板讓他肩膀的舊傷又發作了——榮仔用手套按著右肩，抱歉地行禮說「對不起」。那表情不像在撒謊。實際上在和遠藤傳接球時，榮仔丟的全是慢悠悠的拋物線球，完全看不出絲毫「澤村榮治感」。

無可奈何之下，只好由剩下的隊員依序一人擔任一局投手。當然，我和蕭學姐不包括在內。大家立刻猜拳，山下從頭輸到尾，被交付了先發投手的重任。

「三福隊」是後攻，因此投手立刻就要上場。山下滿臉緊張地接下多聞給他的球，我輕拍他的背說「放輕鬆」，前往自己的守備位置中外野。經過二壘板的時候，我發現自己在未經思考的情況下直接觸碰了山下的身體。都已經跟他傳接球那麼多次了，連自己都覺得現在才在計較這什麼問題，但隔著T恤摸到的，是徹底健康、徹底扎實的人體背部的觸感。

蕭學姐從京都消失了。

其實我們本來像之前那樣約好請她吃下午的中餐，但我一大清早接到她的LINE訊息，說：

「我男友突然從北京來京都，我們等下要去和歌山的白濱看熊貓，明天的比賽也不能去了。我已經跟多聞說了。」

假說與驗證。

經過與香木店聯盟隊的第四戰，她有了什麼樣的感受、導出了什麼樣的新結論？昨天比賽期間，我幾乎沒機會跟她說上話。比賽後，她把藍色的驛傳鴨舌帽帽簷壓得低低的，像之前那樣一下子就離開了，所以我原本期待今天可以好好聽一下她的看法，沒想到她居然跟男友跑去盂蘭盆節約會了。而且還不知道為什麼，跟千里迢迢遠從中國來找她的人，特地去看千里迢迢遠從中國被帶來的熊貓和牠的家眷。

下午三點，我在感覺已經接近四十度的瘋狂暑熱蹂躪之下，從租屋處出發，就這樣騎著自行車進入文學院學生絕少踏入的理學院大樓林立的北校區。

我停下自行車，打開農學院球場——俗稱農G的柵門入內。

在可能嚴重摧殘健康的這片燠熱之中，實在不可能看到半個努力運動的年輕人。沿著圍繞跑道內側人工草皮的護網而立的大型螢幕在地面投下陰影，我迫不及待地投入它的懷抱。

我打開從路上的自動販賣機買來的瓶裝麥茶，將它灌入喉嚨直到換氣極限。用脖子上的毛巾抹去臉上的汗水，聽著不畏灼熱攻擊、從四面八方自暴自棄地嘩嘩輪唱的蟬鳴聲，看著無人的球場。

不管再怎麼鉅細靡遺地觀察燦光刺眼的眼前景象，也感覺不到任何「遠藤三四二」的氣息。

一九四三年十一月二十日，就在這個地點，舉行了「出陣學徒壯行儀式」。

說到學徒出陣[18]，在明治神宮外苑舉行的壯行式最為有名，不過晚了東京一個月，京都也舉辦了相同的活動。

於現今的國立競技場所在地盛大舉辦的東京壯行式，有兩萬五千名出陣學生參加。相對地，在農Ｇ由大學單獨舉辦的儀式，只有一千八百名學生參加。

18 第二次世界大戰末期的日本，中央政府及地方政府會將該期入營學生集合起來舉行壯行會，藉此祝福及勉勵新兵學生。

蕭學姐給我看的資料裡的「遠藤三四二」，應該也曾身為出陣學生之一，在這座操場上列隊行進。

才入學短短一個月，就從學生變成了軍人。五個月後，便魂斷戰場，從這個世界上消失了。

被迫如此結束生命的年輕人曾經走過眼前這片土地，這個事實讓我難以下嚥。相反地，如果是穿著白襯衫配淡綠色長褲的遠藤在御所G行進的畫面，我可以輕易在腦中想像出來。

昨天結果我和遠藤沒說上半句話。正確地說，他實在太沮喪了，我連跟他說話都不敢。

與香木店聯盟隊對決的玉秀盃第四戰。只要在這場關鍵大賽贏得勝利，冠軍便十之八九勝券在握了，令人跌破眼鏡的是，「三福隊」輸得一塌糊塗，第四局就慘遭提前結束比賽。

說好一人投一局的投手陣容，因為緊張過度，毫無控球可言，不是四壞球就是被擊出安打，每局都在送分給對手。做為第四名投手站上投手丘的遠藤，反而因為控球力佳，遭到對手集中鎖定目標球轟炸。

來到第三局時，敵隊已經拿到了六分，而我們笨拙的攻擊卻持續掛蛋。這時又一口氣被搶走了五分，四局下半進攻，比賽提前結束的危機迫在眉睫，我、蕭學姐和遠藤三個人上場打擊，三上三下，一眨眼就結束了。等於是第一戰的贏法報應在自己身上，賽局無情地宣告結束。

遠藤擔任投手的時候丟了致命的五分，加上又是最後一棒打者，不幸接二連三，整個人頹喪到家。我不可能對這樣的他說什麼：

「你涉嫌可能不是法學院的在籍生——不，不僅如此，你還涉嫌可能在約八十年前的學徒出陣之後戰死，可以借點時間談談嗎？啊，這是那邊那個蕭學姐說的喔。」

我自已也不甘心到家了。玉秀盃開始前我想都沒有想過，比賽提前結束的恥辱不用說，自己再次沒有擊出半顆球的無能讓我氣到不行，一時間無法轉換情緒。

「沒關係，別在意！只要拿下下一場比賽，還是完全有機會拿冠軍的！」

遠藤聽著背後多聞鼓勵的聲音，無精打采地走向自行車，和榮仔、山下一起回去了。

「也是有這種時候啦。」

啊，肚子餓死了，去吃個拉麵吧——多聞已經放下比賽，這麼邀我，我問他有沒有問他們三人的聯絡方式，多聞嘲笑他們的落伍說：「他們三個都說沒有手機，這年頭居然有這種人？遠藤要怎麼接收學校的通知啊？每次都要開電腦看嗎？」

我伸手勾住圍繞綠色球場的護網，把瓶裝麥茶喝個一乾二淨。瞇眼看著在燦陽底下綻放白光、彷彿隨時都要蒸發的人工草皮，我遙想天熱成這樣，蕭學姐現在正在看熊貓嗎？

上次在「SECOND HOUSE」，我向她提出疑問：「妳是怎麼從學徒出陣的資料裡找到遠藤的？」

蕭學姐盯著空掉的咖啡杯底，想了片刻，最後搖搖頭說：「我不知道。」

接著，她告訴我得到這個回答的過程。

「是假說與驗證。」

首先，榮仔出現在御所G。接著，榮仔帶來了遠藤和山下。如果榮仔是不應該存在於這裡的人，那麼與他一同出現的兩人也一樣不存在——是不是能提出這樣的假說？

於是蕭學姐決定從本人提供的「就讀同一所大學的法學院，二十一歲」這個資訊，從遠藤的「現在」展開追查。

也就是調查遠藤現在是否仍是法學院的在籍生。雖然他有可能實際上並非二十一歲，但他沒有延畢多年的大學生那種老妖般的氣質，以研究生而言，看起來又太年輕，所以蕭學姐推測如果他是在籍生，應該是入學四年以內的大學部學生。這年頭個人資訊的管理備受重視，但蕭學姐拜託辦留學手續時變成好友的學生課職員，請對方偷偷調查有沒有叫做「遠藤三四二」的學生。結果她得到了不光是法學院，全校學生裡沒有半名學生叫做「遠藤三四二」的非官方證詞。

檢查完「現在」之後，她接著進入徹查「過去」的程序。她從大學的資料庫尋找學徒出陣的資料，在其中找到了「遠藤三四二」這個名字——

她在店裡讓我看的資料，是：

「一九四三（昭和一八）年一〇月入學」

當時我詫異怎麼會有十月入學[19]這種事，但我在調查澤村榮治的資料時，也查了一下學徒出陣，得知十月入學是只存在於一九四三年前後的特殊入學月。當時隨著戰況惡化，政府需要更多的新兵，因此修改法令，讓先前受到限制而無法徵兵的大學生也能被徵兵了。同時還立法規定讓學生在九月畢業，好讓大學生可以盡早接受徵兵體檢。

如此這般，配合九月的畢業典禮，新生的入學典禮成了十月。

「妳是怎麼從學徒出陣的資料裡找到遠藤的？」

對於我先前這個問題，蕭學姐的「我不知道」，是指她決定在過去尋找遠藤的痕跡時，自己也不知道怎麼會突然就想到要去查學徒出陣的資料。

「可是，我就是覺得應該要去那裡找。」

如果今天能夠和學姐進行第三次的下午中餐會，可以聽到怎樣的內容

19 日本的學年是在四月份開始。

呢？看到昨天三人出乎意料直接現身，她會對自己的假說作出怎樣的修正？我很想知道。

然而烈女蕭學姐也終於離開了京都。

一離開日陰處，身體暴露在跑道，瞬間守株待兔的陽光立刻直射我的身體，彷彿恨不得我立即斃命。我久違地回想起「八月的手下敗將」這個詞，經過跑道折回柵門。

一九四三年十月入學的「遠藤三四二」同學。

才剛成為大學生就接受徵兵體檢，短短不到兩個月就告別了學生生活，被送到遙遠的北支戰場，就此再也沒有回到京都。

如果今天能見到蕭學姐，我本來想要問她。

「為什麼？」

如果榮仔和遠藤就像蕭學姐說的那樣，他們怎麼會出現在一大清早的御所G？

周圍的蟬鳴戛然噤聲，只剩下踩在無人跑道上的運動鞋摩擦聲顯得格外刺耳。

我來這裡上過好幾次體育課，但當然從來不曉得它曾是出陣學徒壯行式的會場。不同於常被用「雨中的神宮外苑」來代稱的東京的壯行式，聽說八十年前的典禮當天是個大好晴天。雖然性質與十一月的那天應該截然不同，但是在同樣的大晴天底下實際來到現場，或許會有某些感應——這就是我來到這座球場的理由。

是已經開始有些中暑了嗎？皮膚上那逼人的烈日光壓忽然消失，我仰望天際，這時——

「啊，原來如此。」

我輕易地想到了他們現身的理由。

「大家都想打球嘛。」

抓起脖子上的毛巾，打算拿來綁頭時，我忽然在圍繞球場的柵欄網另一頭，發現了雖然低矮，但畫出平緩稜線的大文字山。

看見藍天與淡淡的白雲底下，攀附在山地上擴展的「大」字，我這才恍然想起：明天就是送火[20]了——不，更重要的是，今天是終戰日啊！

白天那樣晴空萬里的好天氣，卻在天黑前突然烏雲密布，半夜下起了傾盆大雨，雨滴敲擊窗戶的聲音震耳欲聾。

到了凌晨五點半，雨勢依舊不斷，我接到多聞通知說玉秀盃決戰延期到明天。

我繼續睡回籠覺，中午前醒來時，雨已經停了，快速流過的雲朵間，藍天若隱若現。

彷彿算準了我起床的時間，多聞傳 LINE 來了。

「晚上有空的話，一起去看送火吧！」

當然有空。

「五山送火」顧名思義，是在圍繞著京都盆地的群山上，點燃五種類的送火。不過在建築物遮擋下，要同時看到它們極為困難。實際上一般的觀賞方法，是鎖定其中一座山，細細觀賞。其中也以大文字山的「大」字送火最受歡迎，每年賀茂大橋和鴨川三角洲一帶都擠滿了群眾。

要在哪看？我不想人擠人，我回覆。我知道一個好地方，多聞說。

20 送火是盂蘭盆結束時，為了送走祖先靈魂而燃燒的火。相對於盂蘭盆開始時的「迎火」而言。這裡指的是盂蘭盆尾聲的八月十六日，在京都的五座山燃起文字及圖案的送火，稱為「五山送火」。

「不會太遠了嗎？」

我打槍多聞提出的地點，他牛頭不對馬嘴地回說「我住西陣，所以沒有多遠」，堅持不讓。

晚上七點，我從租屋處出發，從北大路大道一路往西，在看到大德寺的地方左轉，前進了一段路，在出現的鳥居前下了自行車。多聞已經到了，他穿著水藍色夏威夷襯衫配短褲，舉起一手說「嘿」。

大鳥居旁邊的石頭刻著「建勳神社」。

我們嘿咻吆喝著，馬不停蹄地爬上穿過鳥居之後的石階，視野突然變得開闊。「噢！」我眺望低矮建築物櫛比鱗次的街景，多聞伸手指去，「你看。」圍繞著市區的山巒稜線連綿起伏，群山高隆的一處，聳立著形狀渾圓的目標大文字山。襯著微陰的天空，可以一清二楚地看見山上的「大」字。

「你居然知道這麼棒的地點。」

我對這個充滿秘境風情的地點表示驚訝，多聞說了令人信服的理由。

「店裡的客人告訴我的。」

神社境內已經零星出現人影了。送火的點火時間是晚上八點。因為還有段空檔，我們繞了境內一圈，回來一看，群眾一口氣變多了。我們覺得差不多該找個位置安頓下來，便在石階坐下來，喘了一口氣。

「對了，趁我還沒忘記——昨天我沒遇到蕭學姐，所以沒花掉。」我把多聞給我的兩千圓午餐錢遞還給他，他推回來說「你收著吧」。

「幹嘛？要給我喔？」

「我約了你之後，接到蕭學姐的聯絡。她說她有事要離開京都，但今天晚上就會回來，應該可以參加明天的比賽。這就當作最後一次請客感謝她的經費吧。」

「蕭學姐……這麼快就回來了？」

說完後，我想到「可能是她男友也想看送火吧」，把兩千圓收回錢包說「好」。

「如果比賽依照預定今天舉行的話，因為蕭學姐不能來，我們隊會因為人數不足被判輸。但因為今天下雨，所以明天我們可以比賽了。總覺得好奇妙啊。」

多聞看著眼下整片盆地靜謐地沉入黑暗的街景，感慨萬千地喃喃說。

「好像每一次都會莫名其妙湊齊人數。」

「什麼叫『好像』？」我問。

「我之前不是說嗎？玉秀盃開始前，我跟我們教授說，盂蘭盆節連假期間，不可能湊到九個人，結果教授笑說船到橋頭自然直。我們研究室的人大部分都很認真，聽到這話，有人反駁說才不會直！連比賽到底會不會開打都不知道，才不要一大清早六點就去御所報到哩！」

「說得一點都沒錯。」

「結果我們教授說：不必擔心，不知道為什麼，每次人數都會足夠，一直以來都是這樣的，不用擔心，去御所就知道了——那個時候我覺得教授這建議也太不負責任了，但結果還真的就跟他說的一樣。你剛好碰到蕭學姐，蕭學姐突然邀了榮仔，然後榮仔帶了遠藤和山下過來。」

多聞的話，從中間開始我就沒辦法附和了。我盯著他短褲底下黝黑的膝蓋，內心無法自已地對未曾謀面的他們的研究室老大湧出一個疑念。

「一直以來都是這樣的。」

教授那番話會不會並非建議，只是在描述事實？他是不是從以前就知道了？就算人數不夠，也一定會有幫手不知從何而來，現身御所G……？

蕭學姐告訴我的，關於榮仔他們的事，我還沒有向多聞透露半點。就算告訴他，也只會被付之一哂吧。要是知道昨天我也把蕭學姐的話一半當真，一個人跑去灼熱的農G，感覺多聞會打從心底擔心：你腦袋還好嗎？但反芻教授的話，我漸漸覺得我會在比賽開始前遇到蕭學姐的巧合，也像是早已寫就的劇本。不，要是這麼說，連我被女友甩掉，都是注定被牽引參加玉秀盃的情節之一了。

「不對不對！」

悶熱的空氣與夜色交融，黏膩地纏繞在手臂上，我用力摩挲了幾下。

「你幹嘛？」

多聞訝異地問，我搖頭說「沒事」。

「我們隊上的山下……」

多聞突然提起山下，我忍不住反應：「咦？」

「他大概幾歲？」

「山下的話……十九歲。前天比賽的時候，我們在傳接球的時候他說的。」

幹嘛問這個？我問，多聞古怪地停頓了一下，就像在猶豫該不該說，接著聲音沉了一階說：

「我們教授說了奇怪的話。」

他搔了搔裸露的小腿，也許是被蚊子叮了。

「奇怪的話？」

「我不是跟你說，教授帶我去過一次祇園的『玉秀』嗎？那時候教授喝得爛醉，突然對玉秀媽媽桑說：『跟妳說個秘密，我跟妳哥哥打過棒球。』聽到這話，媽媽桑笑著說，我確實有個同父異母的哥哥，但我們年紀相差超過二十歲，一次也沒見過面。而且你才不可能跟他一起打棒球，因為我哥十九歲的時候，就被徵兵戰死了……」

瞬間，我的身體不由自主一個哆嗦，籠罩著周圍的夜好似無聲無息地變得更加深沉了。

腦中異樣鮮明地浮現出從未見過的多聞的老大站在御所G的背影。聽說他現在六十多歲了，然而後腦的髮質卻像三十多歲一樣茂密，穿著有點皺的西裝，左手戴著棒球手套。在他正面，白襯衫配淡綠色工作褲的山下振臂高揮。兩人開始傳接球，每投接一球，距離就拉得更遠——

「不管誰聽到，都覺得不可能吧。但我們教授卻堅持說，『我跟妳哥打過棒球，因為他長得跟年輕時候的妳一模一樣。』說完後，教授就安靜地睡著了。」

每當多聞壓低的聲音幾乎被周圍的喧鬧蓋過消失，我便屏住呼吸，全神貫注在耳朵，不放過他的一字一句。背部緊繃到發痛，卻無法放鬆。

「我為教授的失態向『玉秀』的媽媽桑道歉，她說：雖然是幾十年前的事了，但我跟三福教授說過一次我哥哥的事。我姬路的老家在空襲中燒毀了，所以沒有留下半張哥哥的照片，但父親告訴我，哥哥熱愛棒球，這是我對生前的哥哥唯一的記憶……三福教授一定是記住了這件事。教授老師都很聰明，所以連沒什麼好記的事情都記起來了，真傷腦筋——媽媽桑完全把教授的話當成了醉後的胡言亂語。當然，我也這麼想。」

多聞頓了一下，瞥了我一眼。黝黑的臉幾乎融入夜色，只有眼睛綻放出一小粒光輝。

「隔天，我在研究室遇到教授。他連在店門口被塞進計程車載回家的事都不記得了，我語帶玩笑地說，教授跟玉秀媽媽桑說了跟她哥哥打棒球的事，讓她很窘喔，結果教授露出真心覺得『糟糕』的表情。教授臉色大變，問：我說出這件事，那她怎麼反應？她有說什麼嗎？我說媽媽桑完全當成了醉鬼的瘋言瘋語，結果教授又露出真心覺得『太好了』的表情。我很納悶，怎麼會是這種反應？說自己跟戰死的人打棒球耶？根本不會有人相信吧？這位老先生是還沒酒醒嗎……？我正這麼想，教授喃喃說：或許就快可以見到了，他最近好像都沒來嘛。我問，可以見到誰？教授一本正經地說，她哥哥啊。我也有點想要湊興，便問說，玉秀媽媽桑的哥哥嗎？順便問一下，老師都是在哪裡見到他的？

結果教授說，會見到他的不是我，是你啊，多聞，或許你會在御所見到他──」

多聞瞄了眼收在夏威夷襯衫胸前口袋裡的手機，我聽見他喃喃說「還有十分鐘」。穿過我旁邊登上石階的人潮絡繹不絕，回頭一看，連石階後方都擠滿了人。

「我不是說我們教授聽到我們打贏太田教授的隊伍，傳電郵給我嗎？電郵最後問，今年他有來嗎？我也不是忘記了，可是腦袋裡……就是連不上。榮仔帶遠藤和山下來的時候，也因為湊齊人數太開心，把那件事拋到腦後了。所以雖然奇怪教授是在說什麼，但也就丟著沒管了。可是昨天因為沒比賽，也沒什麼事好做，我久違地打掃房間，把堆了一堆包包的地方清空，發現地上掉著一張名片。是『祇園玉秀』的名片。我想起來：啊，是那時候媽媽桑給我的名片，撿起來翻過來一看，上面印著媽媽桑的名字。」

山下誠子。

多聞幾乎是以氣音說出這個名字，並補充個人資訊。

「媽媽桑好像沒結過婚。」

由此可以導出的話題就只有一個。我們沒有交談，多聞默默點頭。

「我立刻回信給教授。我引用『今年他有來嗎？』這句話，回說『請告訴我他叫什麼名字』。當時正值盂蘭盆節期間，我以為教授不會回信，結果今天收到他的回信了。信裡寫了玉秀媽媽桑的哥哥的名字。」

我靜靜地閉上了眼睛。

周圍喧鬧起來，就彷彿等待點火的浮躁情緒蔓延開來，多聞的聲音在其間響起：

「山下誠一。」

蕭學姐說過：

「我查到榮仔和遠藤，但關於山下，完全沒有頭緒。只知道他跟榮仔在同一家工廠上班，我實在不曉得該從何查起。」

稱得上最後一塊拼圖的線索，竟是由多聞捎來，即便是蕭學姐也料想不到吧。

「抱歉，就算跟你說這些，你也不知道該怎麼反應吧。隨便把山下當死人，也太沒禮貌了。而且我也不曉得山下叫什麼名字，所以我本來不打算跟你說的。可是怎麼說，就是忍不住……」

我用雙手抹了抹臉，感覺著殘留在掌心的汗濕，叫了聲「多聞」。

「好啦，忘了這件事吧。」

他用搔過小腿的手拍了一下我的背。

宛如以此為信號，歡呼大作。完全融入夜黑而消失的大文字山，一點一點地冒出小小的紅光來。我俯瞰坐在石階上的觀眾同時高舉手機，再次叫了他的名字：

「多聞。」

點燃的光點連結在一起，徐徐勾勒成一個「大」字。我們身在遙遠另一頭的斜坡處，卻甚至能看見搖曳的火光，看著看著，我逐漸陷入一股奇妙的感覺，就好像自己的身體即將化入充滿濕氣的黑暗當中。

不知不覺間，我說了起來。

說著說著，我已經不曉得隔壁的多聞是否還在聽，但我將蕭學姐告訴我的榮仔和遠藤的事、農G八十年前發生的事，以及和山下傳接球時他告訴我的名字，全都毫不保留地說了出來。

「他的名字叫山下誠一，跟你們老大說的名字一樣。」

直到我說完，多聞一次都沒有插嘴。

遙遠的彼方，「大」字對著夜空持續燁燁綻放盛大的火光。我和多聞被有些節制、但總帶有某種躁動的喧鬧拋在一旁，安靜地呼吸著，就好像一起變成了夜晚的一部分。團扇在石階各處搧動著，宛如黑暗中飛舞的白蛾。

蕭學姐已經回到京都了嗎？如果回來了，她現在在哪裡看著送火呢……？

「朽木。」

多聞直起蜷曲的背開口。

他的第一個問題是：「澤村榮治的肩膀是怎麼受傷的？」

我翻尋才剛看過的澤村榮治資料的記憶，告訴多聞。澤村榮治在二十歲時第一次被徵兵。他在軍中的手榴彈投擲大賽中投出了超過九十公尺的距離，一般來說，三十公尺的成績就算優異了。他應該在戰場上丟擲了無數枚手榴彈，導致肩膀過度耗損。他在二十三歲退伍，回歸職棒，但兩年的空白實在太長，他無法恢復原本的投球表現……

「手榴彈很重吧？」

「重量好像是硬球的三倍。戰場上，人都會消瘦，肌肉也會流失，種種要素對肩膀都是負擔吧。就算回歸，也沒辦法再像以前那樣投球，所以他改為側投了。」

多聞擱在腿上的拳頭不知不覺間捏得死緊。

「爛透了。」他低聲喃喃。「什麼跟什麼嘛。我國中的時候膝蓋也受過傷，但那是我自己弄傷的，所以怨不得人，可是……」

他就這樣沉默了。

我想到這麼說來，多聞在御所 G 當捕手時，蹲下時總是伸直了左腿，或是半彎著腰接球。我沒看過他彎曲兩腿蹲下的標準捕手姿勢。現在他的左腳也放在比右腳低一階的地方，讓膝蓋稍微打直。我和多聞讀的高中沒有棒球隊。多聞跟我說，他是因為這樣才不打棒球的，但或許真正的理由是膝蓋的傷。

我不著痕跡地偷瞄了旁邊那張臉一眼，壓抑憤怒、卻又好似悲傷的濕黑眼眸正盯著送火以外的虛空。

「我剛才說的，你有什麼看法？」我問。

「唔。」多聞把手肘放在膝上，以此為支點，用掌心托著下巴。

「是因為……盂蘭盆吧。」

「什麼？」

「盂蘭盆的時候，故人都會從另一邊回來不是嗎？就是這樣吧。」

「這樣的話，明天的比賽就沒有人了耶。因為現在正在送他們回去另一邊啊。」

「對喔，那樣就麻煩了。」多聞聲音沙啞地笑了。「那，是因為這裡是京都吧。」

「因為這種理由？」

「都可以啦。」

「都可以？不行吧，他們可能真的是死人耶。」

「不管你說的是真的，還是瞎說一通……只要明天榮仔、遠藤和山下出現在御所G，比賽順利舉行就行了。大家都想打棒球對吧？那就好好打一場吧！」

多聞樂天到家的豁達，讓我莫名感動：原來還可以這樣看待？我搔起似乎也遭到蚊子叮，突然癢起來的手肘一帶。

「對了，你是怎麼跟他們通知比賽延期的？你不曉得怎麼聯絡他們吧？」

「我都有看天氣預報，所以知道可能會變天。那天道別的時候，我跟山下說如果早上下雨，比賽就順延到隔天。他們三個一起回去，所以山下應該會跟榮仔和遠藤說。這下明天我們隊伍就要拿冠軍了。我也要順順利利在明年畢業了。」

我在夜黑裡偷笑：這小子的樂觀程度真令人佩服。

「對了……山下長得像『玉秀』的媽媽桑嗎？」

我提出忽然想到的問題。

多聞的老大說，媽媽桑的哥哥長得跟她年輕時一模一樣。山下有著一張難得一見的清秀面孔，或許是他們家的家族遺傳。

多聞用掌心托著下巴，一臉肅穆地盯著送火，似乎正在腦中進行比對，但片刻後搖搖頭說：

「不曉得。十九歲的年輕人，跟一個推估超過七十歲的媽媽桑耶。就算是同一個人，相隔五十年，臉都變成另一張了吧。不過，膚色很白、臉蛋纖細這部分或許很像……教授在電郵裡交代，就算見到山下，也要跟媽媽桑保密。我心裡吐槽明明你自己醉後大嘴巴，但他的意思是不是，這不是我們該插手的事？」

「可是，玉秀媽媽桑從來沒有見過她哥哥吧？」

「如果想見面，山下自己會去找她吧。不，或許老早就去見過了，只是媽媽桑沒發現。」

我聽著多聞的話，琢磨不出這話只是閃躲之詞，或是認真面對之後得出的真誠看法，決定不再討論他們三個明天會不會來。最後一場比賽，我當然也想打。因為我都奉陪了四場一大清早的比賽，卻連一支安打都還沒有擊出過。就連應該是打從娘胎以來第一次拿球棒的蕭學姐都擊出一球了——懊惱正重回心頭，這時後褲袋裡的手機震動起來。

我懷著強烈的預感抽出來一看，是蕭學姐傳 LINE 來了。

只有一張照片——沿著山坡描繪、浮現在黑夜裡的「法」字。這也是五山送火之一。她似乎從和歌山回來，也順利趕上送火了。

我打算拍個「大」字回傳給她，但手機拍出來的字很小，我一下子就放棄了。這段期間，蕭學姐傳了一則訊息過來。

「上次比賽，我問了榮仔的名字。」

手機上的小字看起來大到幾乎填滿整個視野。

「告訴我。」

我屏著呼吸，立刻回覆。

等了約一分鐘，收到回覆了。

我用緊張得不聽使喚的指頭觸碰手機。

冷不防地，一張看過的照片出現在螢幕上。

但有些不一樣。

是顏色。

蕭學姐傳來的，是她在「SECOND HOUSE」用平板向我展示的照片——不過是去掉色彩後的黑白照。是拍攝當時的照片嗎？老舊的照片裡，一名男子面露靦腆的笑容。除了照片以外，蕭學姐沒有任何說明，手機也就此沉默不語。

「哈！」

旁邊傳來噴出一口氣的聲音。

「有夠像！」

是多聞開心的聲音。

我們一起盯著螢幕片刻後抬頭，火勢似乎過了巔峰，送火的光點逐漸萎縮下去。我們目送著「大」字無聲無息地逐漸變得瘦小，彷彿朝黑暗另一頭離去。

「我這個捕手，可能接到澤村榮治的球嗎……？」

多聞突然挺直了上身，左手拿到胸前，擺出架好手套的姿勢。

「誰曉得呢？」

「他們三個跟我們這種蹩腳隊友一起打棒球，覺得開心嗎？」

「就是開心才會來吧。」我毫無根據地回道，多聞說「就是說呢」，把右手拳頭「啪」一聲收進左手看不見的手套裡。

「至少我很開心。蕭學姐應該也很開心。雖然時間實在太早了，起床很痛苦。」

我把手機塞回後褲袋裡，多聞點了點頭說「我也是」，又在左手擊出聲響。

「遠藤幾歲？」

「他說二十一歲。」

「比我們還小一歲耶。」

即將第三次擊入左手的拳頭定住了。多聞維持著這個姿勢半晌，喉間發出呻吟般模糊的聲音，右拳無聲地觸碰左手的手套。

「大家……都很想活下去吧。」

愈來愈多人離開石階，打道回府了。我俯視著人影就像一條條剪影，穿過沉浸在夜色底部的城市燈火前方，無聲地「嗯」了一聲點點頭。

「欸，朽木，我們有好好活著嗎？」

我一時答不出話來。

描繪出送火的火焰線條愈來愈細、愈來愈縹緲，「大」字逐漸分裂成小點，彷彿化成了骨灰，灰飛煙滅。雖然火焰時不時像想起來似地又熊熊燃起，卻也很快地明滅閃爍，無聲地被吸入寂靜的另一頭。

結束的時間近了。

「那是……我們之間的約定吧。」

我自己也不知道這話是在回答多聞，還是在對著即將消逝的「大」字說，又或是想要告訴不知道接下來是否還會再見面的三人。

又一團小小的火焰熾烈燃起。

「你沒有火。」

連分手女友都不再是、不知是誰的聲音在耳底細語。

我反射性地伸出右手，在夜空中抓住了它。接著模仿多聞，連同拳頭將它投入左手想像中的手套裡。

「啪」一聲以掌心接住拳頭時，我感到心中燃起了一團火焰，就像是證明。

如果明天三人出現在御所G——

就邀蕭學姐一起，請他們教我們怎麼打擊吧。

然後聊一堆無聊的事吧。

「走吧！」

我拍拍多聞的肩膀，把屁股從石階抬起來。

我們一起朝著夜空用力伸懶腰，蟬隻彷彿一直在看著我們，不顧現在是黑夜，大聲地鳴唱起來。

國家圖書館出版品預行編目資料

八月的御所球場 / 萬城目學 著；王華懋 譯.--
初版.--臺北市：皇冠. 2025.6 面；公分. --（皇
冠叢書；第5227種）（大賞；183）
譯自：八月の御所グラウンド

ISBN 978-957-33-4290-8 (平裝)

861.57 114005451

皇冠叢書第5227種
大賞｜183

# 八月的御所球場

八月の御所グラウンド



作　　者—萬城目學
譯　　者—王華懋
發 行 人—平　雲
出版發行—皇冠文化出版有限公司
台北市敦化北路120巷50號
電話◎02-27168888
郵撥帳號◎15261516號
皇冠出版社（香港）有限公司
香港銅鑼灣道180號百樂商業中心
19字樓1903室
電話◎2529-1778　傳真◎2527-0904
總 編 輯—許婷婷
責任編輯—黃雅群
內頁設計—李偉涵
行銷企劃—蕭采芹
著作完成日期—2023年
初版一刷日期—2025年6月

法律顧問—王惠光律師

讀者服務傳真專線◎02-27150507
電腦編號◎506183
ISBN◎978-957-33-4290-8
Printed in Taiwan
本書定價◎新台幣360元/港幣120元